目次

同期青春旅行

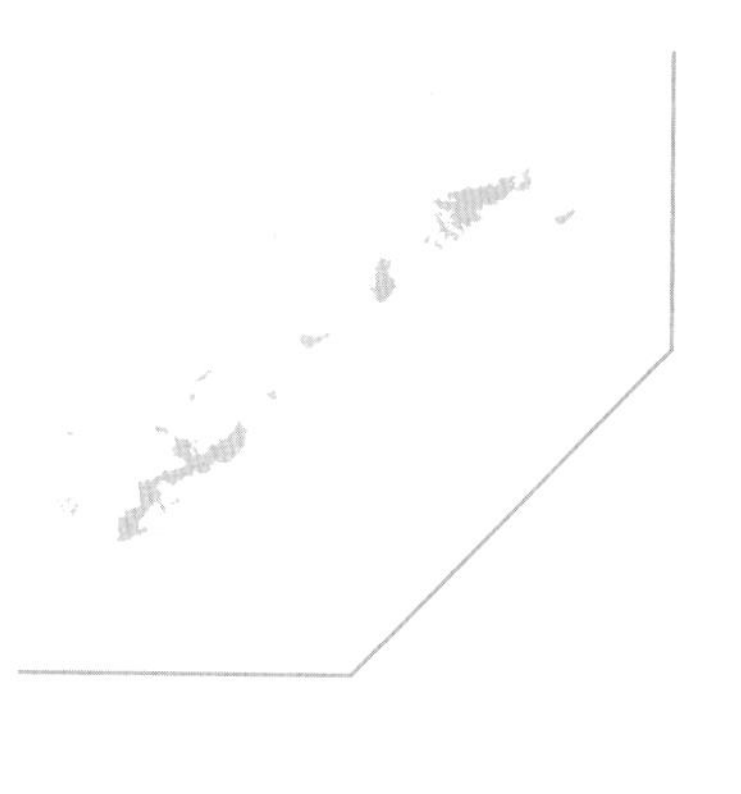
①⑦
④
⑤
⑭
⑩
⑬

同期メンバー（筆者画）

①出身地
②記憶に残っている同期との思い出は？

奥田

①愛知県　②私の結婚式で、5人が天道虫（てんとうむし）の衣装で替え歌を歌ってくれたこと

橋本

①福岡県　②東海道線で移動中、車内で横一列に並んでういろうを食べたこと

矢田

①東京都　②誕生日に某俳優の等身大の人形をもらったこと

山口

①茨城県　②企画から承認実行までが早すぎる我々の日常

和田

①愛媛県　②何度も行われた、カラオケから始まる24時間遊べますか企画

清野

①宮崎県　②入社式の出しもので、橋本とピンク・レディーを本気で踊ったこと

愉快な青春が
最高の復讐！

まえがき

新社会人時代の同期五人のことを、人に「同期」と説明する癖が抜けない。

おかしいことはなにもない。私たちは確かに約十五年前、二〇〇五年の内定者懇親会で初めて顔を合わせた間柄で、私自身はその会社に一年しか勤めなかったけれど、その間、彼女たちと一緒に働いていたのは、掛け値なしの真実だ。それでも、私が彼女たちと遊んだ話をすると、相手はしばしばびっくりした顔でこう言うことになる。

「えっ、同期とそんなことするの？　仲がいいんだね」

そのたびに、またやってしまった、と思う。

私は同期と徹夜カラオケをしたことがある。

旅行に行ったことがある。

官能映画を観たことがある。

交換日記を回していたことがある。
色違いのつなぎを着て、夜通し歩いたことがある。
丸めた新聞紙をガムテープで固めて、人間の大きさの人形を作ったことがある。

たぶん、最初から「友だち」と話していれば、相手を戸惑わせなくて済んだのだ。「友だち」だったら一緒にどんな遊びをしても、「仲がいいんだね」とは言われない。だってそれは、そもそも親密な人間関係を表す言葉だから。話が相手の耳にすっと入るよう、次からは気をつけようと思っても、結局忘れる。同期は同期。その感覚がいつまで経っても消えない。

そうして私は今日も、「同期と高尾山に登ったんだけど」「同期と着物で集合して神社に行ったときに」と口にして、人に驚かれている。

収録されている二編のうち、表題の「愉快な青春が最高の復讐！」は、そんな同期との思い出を中心に、私の青春について書いたものだ。全十回、集英社のPR誌「青春と読書」に連載していた。自分には縁遠いものと諦めていた青春が、社会人になったと同時にスコールのような勢いで降ってきた。その驚きは、いまだに胸の中に生きている。もう一編の「記録魔の青春を駆け抜ける」では、途中何度か奇声を上げつつ、小中学校時代も含めた過去の日記を可能なかぎり振り返った。

青春という言葉に気持ちが明るくなるウルトラハッピーな方にも、殺意や絶望に似たなにかが湧き上がる方にも、この本を楽しんでもらえたら嬉しいです。

愉快な青春が
最高の復讐！

1　空腹のライオンでもゾンビのほうを

青春を味わうには資格が必要だと思っていた。

休み時間に大きな声で話したり、ため口交じりに教師と雑談したり、制服を着崩したり。きっと、その手の行動に青春はついてくる。体育の授業を偏愛したり、提出物の期限をラフに無視したりするような精神性も大切で、もちろん、友だちは多くなければならない。そんな無邪気さをたくさん集めた若者だけが、ブルースプリング王国の門をくぐることができる。王国の海はソーダ水のように澄み渡り、浜はどこまでも白い。城では昼夜を問わずパーティが催され、皆、ビンゴで盛り上がっている。国技は当然フットサル。バーベキューイベントはマストです。この、自分の小説に軽く不安を覚えるほど陳腐な想像が、私にとっての青春だった。

どこをどう大胆に分析しても、私の人間性は青春に向いていなかった。夏休みの宿題は、毎年八月の前半に終わるようこつこつ進めた。制服の着こなしも至って標準で、それはつまり、とんでもなく野暮ったかったということだ。高校時代の写真を見ると、野放図に育てられた私の眉は左右で大きく形が違って、よくもまあ方向性の違いで解散しなかったものだと思う。ルーズソックスブームにも染まらず、携帯電話を持ったのもクラスで一番遅かった上に、お小遣いの半分以上を費やして、自分で使用料を払っていた。

同級生の男子とは、年に十回も話さなかった。一度、教師の発言に教室が笑いに包まれた際に、「ほら、奥田さんも笑ってるじゃん」と混ぜっ返しの材料として使われたことがある。私を傷つけたいという意図は感じなかったけれど、その男子に対等な人間として見られていないことは、はっきりと分かった。彼は数年前にご商売を始められたようで、私はときどきホームページをチェックしては、彼の笑顔にまだ腹が立つかどうかを確かめている。

今、見てきた。やっぱり、腹、立ったよね。

とはいえ、真面目な人間だったわけではない。掃除をさぼったことも、答えを丸写しして宿題を終わらせたことも、何度もある。ただ単純に、前向きに生きる気力がなかった。あのころの私とゾンビが並んでいたら、空腹のライオンでもゾンビのほうを食べたと思う。「先生にアルバイトがバレた！　どうしよう」と同級生が騒いでいた高校時代、私の母親は私の担任教諭から、「学校に許可を取って、亜希子さんにアルバイトをさせてはどうでしょうか」と助言されている。学校生活は問題なく送れているけれど、覇気がないのが気になると言われたそうだ。

この、教師に心配されるほど無気力に通っていた高校を、私はなんと皆勤で卒業している。たぶん、本当に心が死んでいたのだと思う。サボるという向上心さえ持ち合わせていなかった。そう、思考停止状態に陥っていない人間だけが、嫌なことから逃れられる。学校をずる休みしたり、授業を抜け出したりした話を人から聞くと、私は今でも、すごいなあ、生きてる人間って感じがするなあ、と思う。

こうなった理由の九十八パーセントは自分の性格にあるとして、二パーセントだけ学校のせいにしたい。いや、させてください。思うに、地方都市にある偏差値が中ごろの高校（あくまで当時の私の体感です）は、空気が倦みやすい。その学校に通う生徒は、小中学時代はそこそこ勉強ができたため、逆境にあまり強くない。受験を通して上には上がいると痛感し、子どものときに見ていた夢は、どうやらそのままの大きさでは叶えられそうにないことを知る。街はそれなりに充実していて、なにがなんでも都会に出たいという意欲も湧きづらい。夢中になれるものや将来の展望、もしくはどうしても逃れたいなにかがないと、心はじわじわ気力を失っていく。

二〇一四年の秋、私は自分の出身高校をイメージして、「キャンディ・イン・ポケット」（新潮文庫『五つ星をつけてよ』収録）という短編を書いた。先生がこれを授業で取り上げてくださった関係で、たくさんの感想を読む機会に恵まれた。「面白かった」「まさに自分の通学路の風景が頭に浮かんだ」など、好意的な言葉が並ぶ中で、もっとも多く目についたのが、「うちの高校から作家になる人が出てくるなんて」という一言だった。

「……分かる」

後輩たちの感想文を手に、私は自宅で一人呻（うめ）いた。私自身、本の著者プロフィールに目を通しては、作家の出身大学をやたらに確認していた時期があった。昔から漠然と憧れていた職だった。なのに、どうにも有名大学ばかりが目に飛び込んでくる気がして、なるほどなるほど、だったら私には無理だ、と、あっさり結論を出していた。

「学歴がすべてじゃないでしょう」

そうです。

「頑張ることから逃げるため、理由を探しているだけでは」

そのとおりです。

「成功している人間は、みんな相応の努力をしているんだ」

おっしゃるとおりです。

けれどもあのころの私は、自分が努力することに、どうしても意味を見出せなかった。自分に価値はないと本気で思っていた。私は昔から自分のことがあまり好きではなく、いつだって違う誰かになりたくて、つい最近までそのことを自己肯定感や自信の問題だと考えていたけれど、どうやら少し違うみたいだ。自分が好ましいと感じる人間性を、自分自身が保有していないのだと思う。おそらく誰にでもいる、この人、悪い人ではないんだよなー、いいところもそれなりにあるのになー、と思いながらも、なぜか馬が合わない人。私にとって、それが自分なのだ。

高校二年生のある日、自分にはこの先、特別な出来事は訪れないだろうとふいに悟った。誰かと付き合ったり結婚したり、喜怒哀楽を預けられるような趣味に生きたり、人からものすごく必要とされたり。そういった、自分史に蛍光ペンやシールでデコレーションしたくなるようなことは、なにも起こらないに違いない、と。

それは絶望ではなかった。小説や漫画が読めて、数人の友だちとときどき会えるなら平気だ。あとは安定のために長く勤められそうなところに就職して、なるべく早くワンルームのマンションを買おう。突如閃いたその思いは、まるで神託のようだった。

　この約半年後、私は某漫画家のファンサイトで知り合った男の人と交際を始めた。なにが、ふいに悟った、だ。あの神託、とんだまがいものである。愛知在住の私と千葉に住む彼との付き合いは、いわゆる遠距離恋愛と呼ばれるものだったけれど、それでも世界は一変した。私の好きな人が、私のことを好き！　すごい！　私は急に勉強に精を出すようになり、地元の大学に合格したあとは、なんとか垢抜けようと髪を染めた。服に化粧品に交際費。欲望を充足するにはお金が必要だと、回転寿司屋でアルバイトも始めた。

　それまで化粧品に縁がなかった私は、初めてのアイシャドウに緑色を選んだ。それを拙い技術で塗りたくっていたため、今思えば、河童のような顔面に仕上がっていたのだろう。大学で知り合った友だちの一人が、「茶色系のほうが似合うと思うよ」と指摘してくれた。「スルメを食べながら構内を歩かない」と、私の奇行を叱ってくれた友だちもいた。言いにくいことをきちんと伝えられてこそ真の友、という説がある。この二人とはなかなか会えないけれど、今でも仲がいい。ずっと仲がいいと思う。

　大学三年生のときには、ふたつ目のアルバイト先だった珈琲屋のお客さんに、「君は顔もスタイルも普通だけど、髪飾りは可愛いね」と褒められた。今考えると、少なくとも前半は、胸にがっちり鍵を掛けてしまっておくべき言葉だ。でも、顔とスタイルが普通と認定されたこと、さらにはヘアゴムを選んだ自分のセンスが褒められたような気がして、当時の私はとても嬉しかった。

大学を卒業後、私は千葉で就職した。恋人との距離を少しでも縮めたかったのだ。そんな動機から勤め始めたのは、地域密着型のフリーペーパーを発行している、従業員数五十人ほどの会社だった。そこで出会った同期（橋本（はしもと）、矢田（やた）、山口（やまぐち）、和田（わだ）の四人に、ときどき清野（きよの）が加わる）と、私は一生ぶんのはちゃめちゃを楽しむことになる。

平日は毎晩のように誰かの部屋に集まり、一台のベッドに五人で眠った。会社のロッカーに共用の風呂道具を入れておいて、仕事帰りにみんなで銭湯に通った。勢いで前髪を切り合い、翌日上司から「罰ゲームで？」と真剣な顔で訊かれた。北は北海道から南は長崎まで、あちこち旅行に行った。

パーティもビンゴもバーベキューも見当たらず、若者でもない。なにせ、みんな立派な社会人だ。先発品の特許期間が終了したのち、同様の効能を持つものとして製造される薬のことを、ジェネリック医薬品という。私が体験した青春は、ジェネリックだったのかもしれない。それでも同期と過ごした日々を、私は「青春」としか呼べない。

例の交際相手とは、私が二十三歳のときに入籍した。二十八歳で子どもを産んだ。すばる文学賞を獲ったのは、その一年半後だ。これは本当に私の人生なのか、と今でもよく思う。高校二年のときに覚えた悟りは、見事にひとつも当たらなかった。

私はときどき高校生のころの自分に話しかける。私、結婚したよ、子どもがいるんだよ、と。新刊が発売されれば、本が出たよ、と告げる。東京の美術館に一人で行ったんだよ、とか、ママ友が開いているお菓子作り教室に参加したよ、とか、あのころの自分が驚きそうなことを選んでは伝えている。

私のエッセイが本になったことを話したら、彼女はきっと怯(おび)えるだろう。お金を出して読む人がいるの？　と左右非対称の眉をひそめる姿がたやすく想像できる。もし私の声が届くとしても、君は大丈夫だよ、みたいな言葉は口にしたくない。そう簡単に喜ばせてたまるか、という気持ちがある。

ただ、せめてものアドバイスとして、その眉毛、なんとかしたほうがいいよ、と、それだけは言うつもりだ。

大学の卒業旅行でアイシャドウとスルメの友人と行った、延暦寺にて。このときに比叡山に足を踏み入れたこと、のちに少しだけ出てきます。

高校の卒業アルバムより。

同期と過ごしたある夜の光景（もとはポラロイドカメラの写真）。
私たちはいつもこれくらいくっついていた。

2　とろとろしてるから

会社の同期とは仲良くなれないと思っていた。

先に社会人になった当時の恋人、現在の夫より、「会社の人とは友だちになれないよ。ある意味でライバルなんだから」と、しょっちゅう忠告されていた。また、同期が初めて顔を合わせた内定者懇親会で、みんな喪に服しているのかと思うほど話が盛り上がらなかったこと、一人が、「周りから変わっているとよく言われます」と、自己紹介したことも大きい。中学一年生のとき、廊下に貼り出される自己紹介に、「生まれ変わったら悪魔になりたい」と書いて失笑された自分のことを完全に棚に上げて、私は、人から変人扱いされていることをアピールする人って苦手なんだよねー、と思っていた。

仲良くなれない予感が当たっても、構わなかった。そもそも私は恋人がいるから千葉に就職したのだ。今までは一、二ヶ月に一度しか会えなかったけれど、これからはもっと頻繁に彼の顔を見られる。彼と楽しく過ごす想像に、心はすっかり躍っていた。それ以外のことは、まあ、どうでもよかった。

それがなぜ、ときに恋人の誘いを断って、平日や休日、長期休暇までも、同期と過ごすような展開になったのか——。

すべての始まりは、二〇〇六年四月一日に行われた入社式の出しもので、みんな揃ってメイド服を着たことにある。内定者研修から実際に入社するまでの半年間、私たち新入社員はインターンシップとして、その会社にアルバイトに通っていた。私は三月下旬まで愛知の実家に住んでいたこともあり、同期とは滅多にシフトが重ならなかったけれど、矢田と和田はこの機会にぽつぽつ話をしていたようだ。メイド服は二人の発案だった。

入社式の次の日には、街のイベントに新人全員が駆り出された。その翌日からは五日間の新人研修が組まれていて、私たちは狭い部屋でみっちり座学を受けることになった。この研修中も話が盛り上がった記憶はないけれど、連日朝から夕方まで一緒に過ごしたことで、互いの警戒心は薄れていたらしい。研修最後の夜、「これから打ち上げをしよう」という話が急に持ち上がり、唯一の男性同期を除いた六人で、橋本のアパートに集まることになった。この日は私も恋人と会う予定がなく、彼女たちの誘いを断る理由はなかった。

　こうして始まった打ち上げの終盤、五人から和田にサプライズでケーキが贈られた。誕生日が近かったのだ。驚く和田、そして私。私もまた、ケーキの演出をまったく知らされていなかった。みんなに合わせてバースデーソングを笑顔で歌いながら、いつの間に！　と思った。あれ？　ハブにされた？　とも思った。普通に思った。同期のことはどうでもよかったはずなのに、もしかしてなにかやっちゃった？　と、にわかに焦りを覚えた。

　ことの真相は、急遽サプライズを取り決めたため、連絡が全員に行き届かなかったという、とてもシンプルなものだった。状況を理解した途端、これは楽だぞ、と、私は視界が開けるのを感じた。在学中に一秒も運動部を体験しなかった私は、集団行動に対する経験値がとにかく低い。友だちは常に二、三人と少人数で、相手のことが好きだからこそ、常に濃密な繋がりを求めた。打ち明ける悩みの重さや喋るタイミングに注意して、抜け駆けや裏切りなどの誤解を与えないよう、できるかぎり気を配る。そうしたいと思うこと、そうされたいと願うことが、私にとって、人と仲良くなることだった。

けれども六人組では、そうそうバランスを取ってもいられない。また、配属先が決まると、同期の中でも行動範囲の重なり具合に差が出てきた。こうなると、タイミングの合う相手とランチをしたり、飲みに行ったりするのが当たり前になる。この人と喋りたいという動機で約束するわけではないから、二人で会っていても深い話にならない。それが心地よかった。楽であることを基盤に人と親しくなってもいいことを、私は齢（よわい）二十二にしてようやく知った。

友情とは、魂の繋がりとイコールではなかったのだ。

社会人一年目の六月、都内より通勤していた矢田が、ついに会社の近くに引っ越してきた。これで六人全員が、自転車で行き来可能な範囲に一人暮らしをしている状況が完成した。おはようからおやすみまで、暮らしを見つめ合う関係の爆誕である。

虫が光に引き寄せられるように、私たちは夜ごと誰かの部屋に集まるようになった。みんなでテレビを観て、実のない話をして、眠くなったらうとうとする。参加頻度は人それぞれだったけれど、実家の門限から解放されたばかりだった私は、足を運ぶことのほうが多かった。誰もいない真夜中の街を、自転車でのんびり帰るのも好きだった。

八月生まれの清野の誕生日には、「一度やってみたかった」という私の希望でスイカをくり抜き、フルーツポンチを作った。取り分ける器がなかったため、新聞紙を敷いた床にそれを置き、全員で囲んで食べた。十月の私の誕生日には、「HAPPY BIRTHDAY」と形作られたクッキーが会社のデスクに並んだ。三月は、矢田の誕生月だ。私たちは大量の新聞紙とガムテープで人間の大きさの人形を作り、顔の部分に彼女の好きな俳優の写真を貼りつけて、それをプレゼントにした。確か矢田は、自転車のカゴに新聞人形の臀部を突っ込んで、深夜二時ごろ帰宅したはずだ。矢田が職務質問されなくて、本当によかった。

入社式の出しもので使用したメイド服をふたたび着て、デリバリーピザを受け取ったハロウィンのこと。誰も、なににも負けていないのに、なぜあんな罰ゲームのような真似をしたのか、まったく思い出せない。思い出せないまま死にたい。上限金額五百円でプレゼントを交換した、クリスマス会。花見もやった。花火もやった。落ち葉で芋も焼いた。寒い夜に、「湯冷めする！」と騒ぎながら、銭湯とおでん屋のはしごもした。

上司のクライアントだった、中高年女性が主な購買層の衣料品店で服を買い、土曜出勤の際にみんなで着たこと。それぞれ恋人や元恋人に電話をかけて、自分の外見のどこが好きか、やにわに尋ねたこと。私の恋人の、「目の下の黒いところ」という答えは「どこ⁉」とその場を混乱に陥れ、「耳」と返した矢田の元恋人は「センスがある」と讃えられた。

あるときには、官能映画鑑賞部も結成した。仕事終わりに自転車をかっ飛ばして映画館に行った日、実は山口は体調を崩していて、先輩たちからは、「行っちゃだめだよ！」と止められていたという。それを振り切って参加したにもかかわらず、上映開始二十分で気分が悪くなり、結局リタイア。濡れ場をひとつも観ることなく帰って行った。山口が見せた、謎かつ無意味なガッツだった。

もっとも開催頻度が高かったのは、なんと言っても徹夜カラオケだろう。全員で盛り上がれる歌を探していた私たちは、「DANZEN！ふたりはプリキュア」や「撲殺天使ドクロちゃん」を経て、「はたらくくるま」に行き着いた。

「はがきやおてがみ　あつめる　ゆうびんしゃ」

「ゆうびんしゃ！」

「まちじゅうきれいに　おそうじ　せいそうしゃ」

「せいそうしゃ！」

この歌に最高のコール&レスポンスという金脈が眠っていることを掘り当てたのも、

山口だった。「はたらくくるま」を大合唱して、フリータイムが終わる朝五時にカラオケ店を退出する。それから近くの定食チェーン店で朝食を摂り、解散するというのが、私たちの定番の遊び方になった。

二〇〇七年三月に私が退職したあとも、同期はおかしな遊びを量産し続けて、夏には矢田の部屋で台風を見る会が催されたそうだ。スーパーマーケットで投げ売りされていた惣菜を食べたあと、下着姿でベランダに出て、暴風雨を身体に感じたという。控えめに言ってもクレイジーだ。

会社の先輩や上司は、私たちに優しかった。というより、甘かった。仕事の面ではもちろん厳しく指導されたけれど、空きロッカーを六人で占領して、風呂道具やお菓子を入れるなど明らかに調子に乗っていた新人を、調子に乗っているという理由で怒る人は誰もいなかった。

ある日、私はリサイクルショップで玩具の綿あめ機が売られているのを発見した。価格は、なんと五百円。矢田と和田に話したところ、ぜひ買ってくるよう言われた。それまでにも麻雀牌やスケボーなど、誰かが入手した遊び道具をみんなで使うことがあった。「これで綿あめパーティができるね」と、私たちは頷き合った。

とはいえ、綿あめ機は大きい。徒歩や自転車で持ち帰るのは面倒で、私は購入するタイミングを見計らうことにした。ところが、私に好機が訪れる前に、綿あめ機は店頭から姿を消した。まずいと思いながら、夜、会社で事務作業をしていた矢田と和田にその旨を報告すると、二人は急に声を荒らげた。

「奥ちゃんがとろとろしてるからだよ！」

その瞬間の、上司の顔。すわ喧嘩かと大きく目を見開いたのち、どうでもいいことで揉めていることを察したらしく、あっさり仕事に戻っていった。綿あめ機のことで揉める新人と、それを完璧に受け流す上司。私たちもたいがいおかしかったけれど、周囲もかなりネジが緩んでいたと思う。

この綿あめ機の一件は、いまだに尾を引いていて、店に予約を入れるなど私がすばやく行動に移すと、「あのときの教訓が活かされてるね」と褒められる。わりと嬉しい。

それにしても、あのまったく盛り上がらなかった内定者懇親会は、一体なんだったのか。今なら分かる。私たちは全員、面接や仕事のときには明るく振る舞えるのに、義務感や強制力の働かない場では、人に心を開くことを極端に億劫がる。つまりは怠惰的人見知りを発動するメンバーだったのだ。

フルーツポンチをみんなでつついている。

矢田の家にみんなの荷物が散乱している。これ、2007年のクリスマスパーティの様子らしい。嘘だろう……。

盛り上がりが一向に伝わってこない花火の写真。

3　この世に生を享けて以来の

休日とは、文字どおりに心と身体を休ませるためのものだと思っていた。

私は体力がない。筋力もないから、腹筋も腕立て伏せも、ついでに鉄棒の逆上がりも人生で一度もできたためしがない。たぶん、本当にぎりぎりで人の形を保っている。寝転んでいる以外の体勢は、すべて運動という心づもりで生きていて、できれば毎日十時間、いや、昼寝も加えて十二時間寝たい。趣味も家の中でできることばかりで、室内にこもっていた状態から急に強い日光を浴びて蕁麻疹を発症したことが、これまでに二度ある。予定がなければまず家にいた。

見知らぬ街に行ってみたいとか、自然と接したいという欲望も薄かった。予想外の出来事や大きな刺激を処理するのが苦手なのだ。現実は、本のようにページを閉じて、トラブルから逃れることができない。そんな性格の上にものぐさで、数字と手続きが大嫌い。こうなると、週末の二連休程度では、遠方に出掛けようという気持ちになりようがない。長期休暇に旅行することにはそれなりの憧れがあったけれど、小旅行に関しては、私の理解の範疇を超えていた。土日に旅なんかして、どうやって気力体力を回復するの？　みんな自分を追い込んでるの？　なにかの試練なの？

社会人になってしばらくは、そんなふうに思っていたはずだ。なのに、気がつくと私は、同期と小旅行を繰り返すようになっていた。


彼女たちと初めて遠出をしたのは、入社から四ヶ月が経った、二〇〇六年の八月のことだ。千葉の金谷港から横須賀までフェリーが出ていると知って、乗ろうという話になった。この企画に参加したのは、山口、矢田、和田、私の四人で、このうち山口と和田が鉄道好き。内房線に乗りたいという二人の希望も絡んでいた覚えがある。

私たち全員に共通した趣味は、おそらくいまだにひとつもない。音楽好きは二人、サッカー観戦好きも二人、歴史好きは二・五人で、某アイドルグループの沼に片足を突っ込んだのは三人。本はみんなが読むけれど、好きなジャンルや作家はばらばらだ。ただ、人が立てた企画に乗っかる能力だけは、全員が神より授かっていた。フットワークの軽い、山口、矢田、和田の誰かが閃いたアイディアに、半開きの目と口で、「うん、行くー」と答える力。私は家で過ごすのが大好きだけれど、誰かが下調べやチケットの手配をしてくれるなら、行きたくない場所というのはほとんどない。そのことに、同期と知り合ってから気がついた。「はぐれ刑事便乗派」という、純情と便乗をかけたいだけのキャッチコピーを橋本と共に自称して、山口たちの誘いに秒速で賛同していた。

この横須賀フェリー旅でもっとも印象に残っているのは、港で九州行きの船を見かけて、「あれに乗りたい！　このまま遠くに行きたい！」と、みんなで騒いだことだ。まだ半人前だったにもかかわらず、仕事が大変なふりをするのが楽しかった。いや、大変ぶることで、立派に働いているような気持ちになれた。フェリーの甲板で缶酎ハイを飲んだのも、そういった背伸びの一環だったと思う。私たちは全力で社会人プレイに興じていた。

内房線とフェリーに乗ること以外は目的が決まっていなかったので、横須賀に着いたあとは、そのへんをぷらぷら散歩した。目についた博物館のような施設に思いつきで入り、また歩いて、たくさん買い食いをした。「せっかく来たんだから！」のような、気合いに似た圧力を一切感じない旅だった。帰りの時間が設定されていないのも新鮮だった。

それまで私は、人は目的地のために遠出をするのだと思っていた。辿り着いた先でなにをするのか。お金と時間、体力と気力を引き換えにして、なにを得るかが重要なのだと。なのに目的地も山場もなく、場所を横須賀から横浜に移してからも普段どおりにだらだらしているだけのこの小旅行が、妙に楽しかった。

もしかしたら、ものすごく。

同じ年の十一月、同期の清野が家の都合で退社し、九州の宮崎に帰ることが決まった。東京やその近郊に暮らしていると、都内の観光地にはなかなか足を運ばない。そこで、清野が千葉にいるあいだに、みんなで東京ベタ観光をしようという話になった。用事があって来られなかった橋本を除いた五人で、浅草、上野公園、東京タワーを巡った。東京スカイツリーは、着工どころか名称もまだ決まっていなくて、新旧の比較でふたたび注目が集まる前だったからか、東京タワーは空(す)いていた。

この数週間後、いよいよ清野が宮崎に帰る日、私たちは羽田空港まで彼女を見送りに行った。やっぱり来られなかった橋本以外の四人の中で、

「暇だし、行く?」

「行こうか」

と、土壇場で決まったのだ。清野と空港のロビーで待ち合わせていた彼女の妹と弟

は、姉の同期の登場にほんのり困惑している様子だった。職場の仲間が見送りに来るのは、確かに珍しいパターンかもしれない。遠くないうちにまた会えるだろうという根拠のない確信があったから、「じゃあね」と適当に手を振り合って別れた。その後、デッキから飛行機の離着陸を眺めて、すぐに千葉へ戻った。まるで学校の遠足のような一日だった。

日本海を走る五能(ごのう)線の観光列車くまげらを見るために、山口と和田と上野駅の車両展示会に行ったときも、校外学習のような気分を味わった。二〇〇八年三月のことだ。撮り鉄の方々に交じって車両を撮影したのち、私たちは秋葉原の鉄道カフェへ向かった。そこで、ちょうど店を訪れていた海外メディアの記者からインタビューを申し込まれた。日本の鉄子（鉄道好きの女性）について取材していたらしい。自分ははぐれ刑事便乗派ですから、と断ることもできず、あたかもこの世に生を享けて以来の鉄道ファンです、という顔で、私も質問に答えた。

五人で鎌倉に出掛けたときは、みんなで橋本の家に前泊し、官能映画鑑賞部の活動を果たしてから出発した。これは、二〇〇八年の六月のこと。ちょうどあじさいがきれいな時季だったけれど、花を見ようと言い出す者は一人もいなかった。私たちは朝から晩まで、ひたすらにアイスクリームを食べ続けた。大のアイス好きの和田の影響で、遠出の際にはその土地でしか味わえないアイスやソフトクリームを食べることが、なかば習わしになっていた。アイスのためにバスに乗り、ソフトクリームを求めて江の島に渡った。

この日に食したのは、信濃ミルクソフト、岩手ミルクソフト、ロイヤルミルクソフト、紫芋ソフト、抹茶ソフト、蜂蜜ソフト、朝一しぼりたてミルクソフト、チョコチップアイス、紫芋バニラソフトの九種類。一人で全部食べたものもあれば、五人でひとつをつついたものもある。「アイスは一日一個まで!」と会社で上司から叱られたことのある私たちは、出発した直後こそ、「アイスは水! いくらでも入る!」と、もりもり食べていたけれど、実は……アイスは水ではない。水ではないのだ。夜、私たちは目に映った店に飛び込む勢いで、しらすのパスタとピザをむさぼった。身体に塩が染み入る幸せを、このとき初めて体験した。

二〇〇八年八月には、朝五時半に東京駅に集合して、静岡の大井川鐵道(おおいがわてつどう)を走るSLに乗った。二〇一〇年四月には、「男性器をかたどった神輿(みこし)があるらしい」と、川崎で毎年四月に催されるかなまら祭に出掛けた。

二〇一一年五月には、五年ぶりに横浜を再訪した。このときの移動手段はフェリーを経由せずに電車のみで、目的地も本牧に黄金町とあらかじめ決まっていた。アートショップが数多く立ち並ぶ黄金町は、かつては青線でにぎわった場所らしく、ストリップ劇場やポルノ映画館が点在している。その日は時間に余裕がなくて観られなかったけれど、官能映画といいかなまら祭といい、私たちは性にまつわる文化になぜか積極的だった。

それなのに、個人の恋愛経験についてはあまり話されなかったことを、今更ながら不思議に思う。恋人の存在を半年近く隠していた同期もいたくらいだ。馬鹿なことばかりしている関係だったから、自分の生々しい一面を見せるのが、なんとなく気恥ずかしかったのかもしれない。それぞれの事情を知らないから、彼女たちと触れる性の文化は、学問みたいに感じられた。私にはそれが楽しかった。

この日は日帰りではなく、中華街近くのビジネスホテルに泊まった。ちょうど山口の誕生日で、彼女の好きな俳優の顔写真をお面にして四人で被り、遅れて部屋に入ってきた山口を盛大に迎えた。お面を活用した撮影会を楽しみ、たっぷり夜更かしした翌朝、私以外の四人はホテルから会社に出勤していった。なんと、日曜から月曜にかけての小旅行だったのだ！　とっくに退職して予定のなかった私は、通勤ラッシュを避けるため、チェックアウトの時間ぎりぎりまで部屋に残った。平日の朝、ビジネスホテル、横浜、一人。冷静に考えるほどわけの分からない状況だったけれど、とても贅沢な気持ちで本を読んで過ごした。人生の踊り場のような時間だった。

電車に一人揺られ、千葉の自宅に帰りながら、最初のフェリー旅のことを思い出さずにはいられなかった。あのころの私は、関東に住み始めて半年も経っていなくて、街の名前も電車の路線も、なにも分かっていなかった。三軒茶屋は飲食店の名前だと思っていたし、乗り入れや接続の意味も知らなかった。神奈川は、千葉から遠い場所だった。それが、同期と小旅行を繰り返すうちに、関東はみるみる狭くなっていった。

二度目の横浜旅からも短くない時間が流れて、今、私はこの世に生を享けて以来の都会人の顔で電車を乗り換えている。東京を舞台にしたときの私の小説には、電車や駅の情景がよく出てくる。自分でも、また電車！　また駅！　と思いながら、でも、書かずにいられない。たぶん私にとって鉄道は、関東の象徴なのだと思う。自分が関東に慣れたと思えるようになるまでの時間と、同期と電車で散々出掛けた経験が、分かちがたく結びついている。

遠距離恋愛を終わらせるためにやって来た関東だった。千葉県民の彼と付き合い始めなければ、私は間違いなく地元で就職していた。恋人ともっと会いたい一心で愛知を離れることを決めて、就職活動の時期には何回も上京して……。あれ？　わりと思い切ったことしてるな。小旅行よりよっぽど面倒くさくて、とんでもなく気力体力を使っている。

私にも刺激を楽しめる心はあったのかもしれない。

横須賀フェリー旅の一枚。浜金谷駅で内房線を降りたところ。

東京ベタ観光で、上野公園に行った際に撮ったもの。めがね之碑は、たぶんベタな観光スポットではない。

横浜を再訪した際に行った、黄金町のカフェにて。こういうまともな写真は大抵がやらせ。このときも橋本にアンニュイなポーズをとってもらった。

4　頭を下にした潰れたカエルのような

とびっきり鮮やかな記憶は、いつまでも色褪せずに頭の中にあり続けるものだと思っていた。

私は記録魔で、中学生以降の日々は、断続的ながらいろんなところに残されている。いろんなところ、というのは、私が高校一年生のときに、家にインターネットが開通。それからは、タグを打ち込んで作成した個人サイトにブログ、SNSと、そのときどきの流行の地で、読みものふうの日記をしたためていたからだ。そういえば、ほんの一瞬、恋愛ブログもやっていたよね、と、今、天から声が降ってきたけれど、これについては嘘を吐きたい。やっていません。大学時代にはほぼ毎日ブログを更新しながら、胡麻よりも小さな字で、手帳に自分のためだけの日記もつけていた。

手書きの日記を読み返すことは、本当に、滅多にない。その日になにがあったのか、自分がなにをしていたのか、永遠に分からなくなるのが怖いという理由だけで、私は日記を書いている。私は自分のすべてを知りたい。把握しておきたい。そんなことは不可能だと頭では分かっていて、けれども自分が自分の理解や制御を超えていくことに、どうしても恐怖心を覚えた。

　このエッセイを書くとき、パソコンの傍らには十冊以上の手帳が積み上がっている。それらを引いたり、ブログやＳＮＳのログを漁ったりしながら、私は同期との思い出を振り返る。でも、今の私が本当に知りたいことは、意外とどこにも残っていない。記憶に触れようとすればするほど、風化した土壁のように、細部がぼろぼろとこぼれ落ちていくのを感じる。

　どんなに楽しかったことでも。

　二〇〇七年の夏、つなぎが流行った。工事現場などで働く方々をターゲットに作られた衣料品の存在に同期が気づき、みんなで着たら面白いのでは？　という話になったのだ。この半年前に会社を辞めていた私は、メールで唐突に希望の色を訊かれて、ブームの始まりを知った。私のつなぎは黄葉（こうよう）する直前の、いちょうの葉の色に決まった。あとの四人は、橋本がカーキで山口がグレー、矢田と和田がネイビーだ。宮崎の清野にも赤を送ったらしい。専門店のつなぎはサイズと色の展開がとにかく豊富で、しかも安い。当時は一着二千百円だった。トイレに行きにくいという欠点はあるけれど、ポケットの多さと、どんなに動いてもお腹や背中が出ない利便性はすばらしい。全人類に薦めたい。

このつなぎを着て、千葉県北西部にある我が家から、東京都葛飾区の金町（かなまち）まで、真夜中に歩いたことがある。なぜか。分からない。徒歩で東京に行ってみたいというのが動機だったような気がするけれど、となると、今度はなぜ徒歩で東京に行きたかったのか、という疑問が残る。過去の自分にはつなぎの値段より、このあたりを詳細に記しておいて欲しかったと思う。

十一月二日の金曜の夜、四人は仕事を終えて私の家にやって来た。たこ焼きパーティで胃を満たしたあと、つなぎに着替えて、午前二時に奥田家を出発。流山（ながれやま）市までは約一時間半と順調で、元気に歩いていた覚えがある。空気は一足早く真冬に突入したみたいに冷たくて、すぐ脇の国道は、車のヘッドライトで光の川のようだった。揃いのつなぎで歩く女五人に、コンビニの店員も、夜間工事をしている人も、みんなが戸惑っていた。彼らが二度見どころか、三度見、四度見することも、私たちの気分を盛り上げた。

ところが、次の松戸（まつど）市が辛かった。松戸は頭を下にした潰れたカエルのような形をしていて、北部から入って南下しようとすると、とにかく長い。歩けども歩けども松戸。ネバーエンディング松戸。地球上から松戸以外の街が消滅したんじゃないかと思った。私たちのあいだからは徐々に会話が消えて、それでも足を止めたら、この苦行は終わらない。松戸の後半から都内の街並みを目視できるようになるまでは、雰囲気も若干すさんでいた。なんのために、と、私も千五百回くらい思った。「東京　〇キロ」の看板の数字が小さくなっていくことだけが心の支えだった。

午前六時二十六分。約十六キロの道のりを完歩して、私たちはついに金町に足を踏み入れた。そのまま休める場所を求めて駅前のファストフード店になだれ込み、そこでどろりと液体になった。もう一歩も動けない。私は夫に連絡を取り、車で迎えに来てもらった。山口と矢田をそれぞれ家に送り届けたのち、私も帰宅。なんとか風呂に入り、夫が作ってくれたオニオングラタンスープと洋風茶碗蒸しを食べて、十九時間眠った。

車に乗らなかった橋本と和田は、その足で都内の大学の学園祭ライブに向かったそうだ。私は同期に対して、敬意が八、混乱二くらいの割合で、どうかしてるな、と思うことがある。あの液状化した身体と魂でライブを観に行った二人には、超特大の、どうかしてる、の念を抱いた。結局、疲労と睡眠不足から、オールスタンディングだったにもかかわらず、ライブ中にうとうとしたらしい。そりゃあそうなるよ。子どもでも分かるよ。

揃いのつなぎで出掛けたことが、あと二回ある。

夜間歩行から半年が経った二〇〇八年の五月、多摩動物公園で写生大会をすることになった。なぜか。やっぱり分からない。手帳にもブログにも、どこにも理由が残っていないのだ。天気予報は雨で、「どうする?」と尋ねた私に、「そんなことでは私たちはくじけない!」と四人は答えた。

深夜〇時に集合して、新宿のカラオケ店で朝五時まで歌った。けれども、多摩動物公園が開くのは九時半だ。時間を持て余した私たちは、とりあえず目についた漫画喫茶に入り、店内で一度解散することにした。九時まで個室で過ごして朝食を済ませたのち、ようやく出発。幸い雨には降られなかったけれど、動物を見ながら園内を歩き回るうちに時間は流れて、薄々予想していたことながら、誰も絵を描かなかった。画材はただの荷物になった。

もう一回は、そのさらに半年後。橋本の家から千葉の舞浜(まいはま)にある有名テーマパークまで、矢田を除いた四人で歩いた。なぜか。本当に分からない。しかも、今度は往復だ。それでも私の家から金町までほどの距離はなくて、昼過ぎにスタートし、夕方にはゴールできた。ああ、そうだ。橋本の家に戻ってからは、彼女の誕生日会を催した。あの舞浜ウォーキングには、年をひとつ重ねる同期を祝福する意味があったのだろうか。たぶん、ない。

つなぎとは無関係に、今振り返ると理解不能な企画といえば、池袋アイスパーティだ。二〇〇八年八月、矢田が入手したアイスクリームチェーン店の無料券を使うために、みんなで深夜に集まった。このときも、朝の五時までカラオケをした。もはや誰も信じてくれないと思うけれど、私たち五人のうち、カラオケを特別に好む者は一人もいない。夜通し遊ぶ方法をほかに知らないのだ。朝食を摂り、店がオープンするまでの余った数時間を、今度は山手線で過ごした。「ぐるっと一回りすればちょうどいいね」と話していたはずが、全員で眠りこけて、気がついたときには二周していた。車窓越しの朝日が、暴力的なまでに眩しかった。

池袋のドミトリーに、矢田を除いた四人で一泊したこともある。二〇一〇年の十月の出来事だ。私たち以外の宿泊客は、ほとんど外国人だった。ドミトリーといえば、ほかのゲストと相部屋になるかもしれないところに特徴があるけれど、二段ベッドが二台入った部屋を割り当てられたこともあり、特別な交流は生まれなかった。私たちはひとつのベッドに並んで座り、夜遅くまで喋った。ウサギ耳のカチューシャを装着して、人参を片手に写真も撮った。これは、理由がはっきりしている。年賀状のためだ。翌年が卯年だったのだ。

でも、なぜわざわざドミトリーに泊まったのかは、どうしても分からない。

同期との思い出を小説の題材にしないのかと、ときどき訊かれる。やってみようかな、と思う瞬間はあるけれど、実際に書こうとしたことは一度もなくて、それはたぶん、記憶があまりに穴だらけだからだ。小説はフィクションだから、事実に沿う必要はまったくない。でも、つなぎで歩いているあいだに起きるハプニングは考え出せても、なんの疑問もなく五人でつなぎを着ることになった経緯のようなものは、到底思いつかないだろう。むしろ頭を捻(ひね)るほどに、面白さから遠ざかってしまう気がする。意味や理屈を介さずに物語を作ることは、私にはとても難しい。

全部書き留めておけばよかった、と後悔しなくもないけれど、結局、記録しておきたくなるほどの動機ではなかったから、日記にも記憶にも残っていないのだと思う。ごくごく自然な流れで私たちはつなぎを着て、真夜中に歩いて、写生大会を計画した。

崩れ落ちて穴になった部分にこそ旨みがあったように思うのは、過去の美化だ。そう考えないと、記録魔としてはいささかやりきれない。

アルバイトをしていたころには、その日のシフトのメンバーに店の売り上げ、給料、貯金残高を書きつけていた。なにいくら使ったかということや、自分の服装をメモしていた時期もある。体重、運動量、小説の進み具合から、読んだ本や観た映画のタイトルまで、私の手帳には、本当にいろんなことが残されている。年に一冊、着実に増えるこの禁断の書を、私は一体いつ処分すればいいのだろう。この世を去る前に自らの手で、とは思っているけれど、手放したあとに読み返したくなることを想像すると怖くて、ずっとタイミングに悩んでいる。

世の記録魔たちは、この問題とどう向き合っているのだろう。いつか同志に会ったら訊いてみたい。

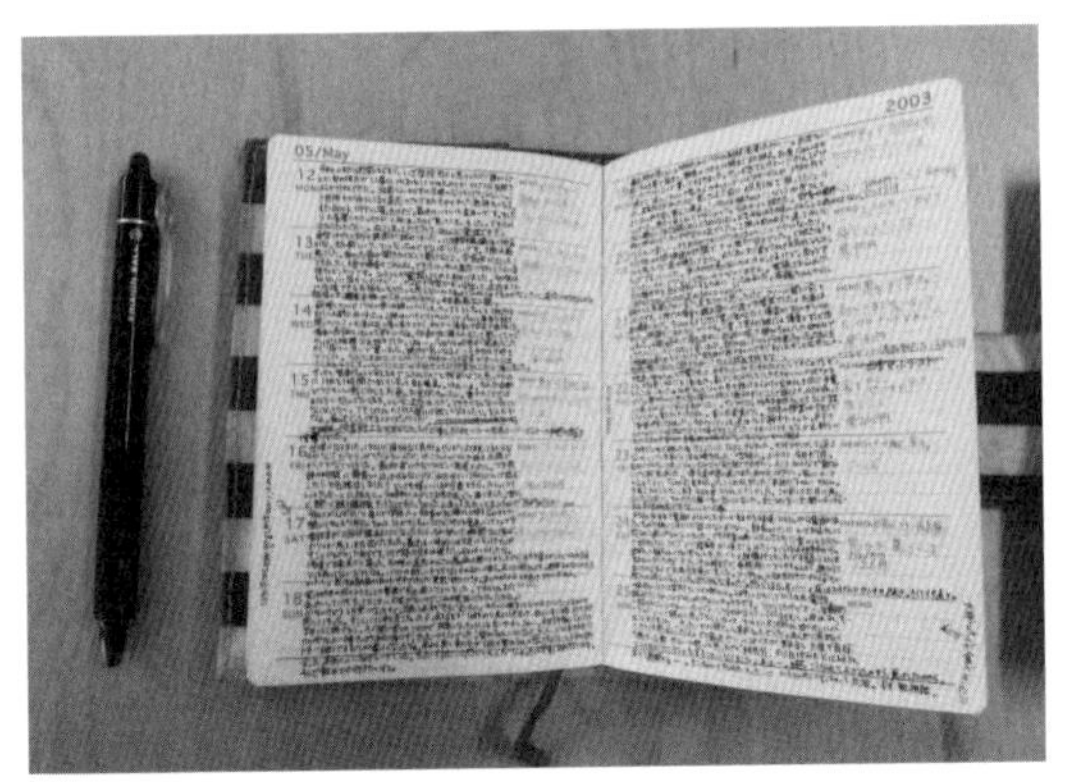

もっとも日記に取り憑かれていたときの手帳。すでに肉眼で読み返すのは辛い。

舞浜ウォーキングの帰り道。

ウサギの耳をつけて、ドミトリーで撮影会。みんな、手には人参を持っている。

5　そんなちっぽけなアイデンティティ

大人は交換日記をやらないと思っていた。

私が初めて交換日記に手を出したのは、一九九五年、小学六年生のときだ。少女漫画誌の付録だったと思われる小さなノートに、友人と交代で書いていた。ノートの日付は、十月二十六日から十一月三十日まで。意外と短い。そう、この交換日記は今、私の手元にある。ページを開くと、どのページにもオリジナルキャラクターのイラストが貼られていて、随分にぎやかだ。イラストの余白や日記の本文では、彼らの設定がそりゃあもう熱心に語られていた。

「やみの魔法をつかえるただ1人の男」

「ユニドラは、伝説の生きもので、仲間にいれるつもりです」

「こいつも、キキ達と同じで伝説のせんしなんだけど……。（ほら、むねにペンダントあるでしょ。）だけど、それは、父のかたみだっていいはって、それをみとめないの。

〃1ぴきおおかみのせんし〃ってとこかな」

あのころ私と友人は、「FINAL FANTASY VI」というゲームソフトに登場する、ロックというキャラクターに夢中だった。好きすぎて、名前の最初の文字に「っく」をつけたものを互いのニックネームにしていた。つまり、私は「あっく」だ。ちょっとびっくりするくらいに語感が悪い。あっくはロックと結婚したかった。あっくは少ないお小遣いから、ゲーム情報誌の「Vジャンプ」を買っていた。将来はSQUARE（現SQUARE ENIX）で働くか、「Vジャンプ」の編集部に就職したかった。となると、こういう日記になるのも当然だ。そう自分に言い聞かせることで、今、なんとか心の平穏を保っている。

小学校を卒業後、私は岐阜から群馬に引っ越した。別れの日、「あっくが持っていて」と、友人はこの交換日記を持ってきてくれた。できれば自分が所持していたいと思っていたにもかかわらず、友人にあっさり手放されたことで、これを大切に思っていたのは自分だけだったのかもしれないと悲しくなった。そんな自分の面倒くささに戸惑ったことを、いまだに覚えている。

一年生の一年間を過ごした群馬の中学校でも、交換日記はやっていた。これは私の手元になくて、内容は分からない。ただ、メンバー四人のうちの一人、出席番号が私の前だった女子のことが強く印象に残っている。入学直後、椅子を横に並べた音楽室で、私はその子から一方的に椅子を離された。髪の毛がぼさぼさで冴えない風貌の私のことが、その子は受け入れられなかったのだと思う。私とは反対方向に自分の椅子を引っ張りながら、彼女は本当に嫌そうな顔をしていた。小さく悲鳴すら上げていた。

でも、私は決められた場所に着席しただけだ。彼女に危害を加えるようなことはしていない。頭の中でなにかが切れる音がして、そっちがそうならこっちもこうだと、彼女とは反対方向に自分の椅子をめいっぱい動かした。間もなく現れた音楽の先生は、私たちのあいだにたっぷり広がる溝を見て、「どうしてそこだけ離れてるの。くっつけなさい」と言った。私は仕方なく椅子を元に戻した。

彼女からなんでもない口調で話しかけられたのは、音楽の次の、理科の授業中のことだった。ああ、見くびっていた相手から思いがけず反撃を喰らって、この子は焦っているんだな、と思った。思いながら、私はにこやかに応えた。それから数ヶ月が経ち、ほかの友だちを交えて交換日記が始まっても、私は音楽室の一件を忘れなかった。どんな相手ともそれなりに仲良くなれるものだな、と、中学生ながらに悟りを得た。そういう交換日記だった。

二年生に進級するタイミングで、今度は愛知に引っ越した。この学校でも、私は交換日記をする友人に恵まれた。今回のメンバーは、私を含めて三人。始まったのは一九九七年の十二月二十八日で、最後の日付は、翌年の十月十四日。実はこれも私の家にある。使っていたのは無印良品の無地ノートで、これにフリーハンドで枠と線を引き、絵日記帳ふうに仕立てていた。ただし、表紙と裏表紙にはなにも書かれていない。

たとえ自分で持っていなかったとしても、この交換日記のことは、たぶん一生忘れなかっただろう。ノートの中で、私たちは謎の組織の一員だった。各々コードネームを持ち(私は「バジル」)、活動日誌ふうに日記を書いていた。初めの三ページは、イラスト入りのキャラクタープロフィールで、続く本文には、組織、任務、出張、命令などの文字が躍る。中身は九割以上が、ギャグかつフィクション。かと思いきや、現実ともときどきリンクしていて、五月二十二日のページには、某男性歌手の熱愛報道を受け、友だちの一人が、「私はたましいが1000000000000㎞ほど離れた」「私は明日への希望がもてないので……さようなら……」と書いている。六月十九日には、「サザエさん」のカツオの声優が交代したことに、バジルはショックを受けていた。時代を感じさせる資料のような面もなくはない……かもしれない。

バジルは魂の叫びも残している。

「人間にも、獣にもなりきれなかった　羽のむしられた救世主」

「死を蹴り、血をなめ、永遠(とわ)の安らぎを――」

今でこそ読み返すのに莫大な精神力を必要とするけれど、あのころの私は、この交換日記が楽しくて仕方がなかった。誰かが新しく書いてくるたびに人気(ひとけ)のない女子トイレに集まって、三人で覗き込んでは大笑いした。ノートを閉じたまま家まで大人しく持ち帰ることは不可能だった。

最近はいじめの温床になるからと、交換日記を禁止している学校もあるという。その考えは理解できる。真っ当な意見だとも思う。軽い気持ちで書いた噂や悪口が、秘密という生暖かい空間の中で発酵して、嘲笑や悪意に化ける。よくあることだ。私もたいがいに人を傷つけてきた。でも、このノートには、同級生の名前が一度も出てこない。小学六年生の交換日記と併せて振り返ると、自分の現実に生きていない感じに軽く震えが走るけれど、他人をあげつらっているよりは、ファンタジーの世界にぶっ飛んでいたほうがずっといい。あんたたち、偉かったよ、と心の底から思う。

高校から大学にかけては、交換日記はやらなかった。私は高校二年の冬に携帯電話を持ち始めて、以来、友だちと内密に話したいときにはメールを送るようになった。自分の中で、コミュニケーションの取り方が大きく変わるのを感じた。

ところが、社会人一年目（二〇〇六年）の冬、奴はふたたび私の前に現れた。誰かの思い出話をきっかけに、同期五人で交換日記を始めることになったのだ。彼女たちとは毎日顔を合わせていて、携帯電話のメールアドレスももちろん知っていた。ノートにわざわざ書かなければいけないことなど、誰も持ち合わせていなかったはず。それでも、営業先から戻ったときに自分のデスクにノートが置かれていると、隠れ家の鍵を手にしたような高揚感が湧き上がった。

ノートの内容は、誰かがマイブームを語っていたり、みんなで次の遊びの相談をしていたり。かと思えば、家の郵便受けに放り込まれていたという風俗のチラシが貼られていたりと、とにかく脈絡がない。全員が殴り書きで字が汚く、そして、文章がとことん暗い。

「金にならん仕事ばっかでやになります」

「今週はすでに死にそうです。4月なんかこなければいい。ムリすぎて家事放棄宣言しました。昨日も今日もおかしが晩ごはんです。今も電車でコーラグミ食べながら書いています」

「生きてくのに飽きてきましたが、どうすればよいでしょうか。CO2になりたい。削減されたい。明日、世界が滅びている事を祈ります。おやすみなさい」
おやすみなさい。

二〇一八年の六月、このエッセイの連載が決まった直後に、久しぶりに同期五人で集まった。気づけば、同期と初めて顔を合わせた内定者懇親会から長い月日が流れていて、矢田と和田もあの会社を退職。居住地もばらばらになっていた。そのせいか、なにか企画が持ち上がっても、誰かは欠席する状況が続いていた。

この日は私の発案で、リアル型の脱出ゲームに参加した。全員が〝怠惰的人見知り〟であることは分かっていたので、ほかのお客さんと交流する可能性がないことを最大の条件に、私はゲームを探した。そのあとは、インドカレーとジャンボパフェを食べに行った。この両方に、私たちはいっときハマっていたのだ。

かき氷が六割を占めるジャンボパフェをつつきながら、この日、私はLINEのアプリケーションをダウンロードした。LINE。言わずと知れた、超有名インスタントメッセンジャーだ。これは自分にとってちょっとした事件で、なぜなら私はLINEを始めることを、長らく頑なに拒んでいたからだ。娘が幼稚園に通っていたころ、クラスのグループに誘われても、「そこに投稿された情報を知らないままでも気にしないので、どうかお構いなく」と断り続けて、それでも親切な人が私のＥメールに転送してくれるのを申し訳なく思いながら、やっぱり始めなかった。どうしてもどうしても、あの既読というシステムが受け入れられなかった。

だって、自分がメッセージを読んだかどうかが相手に分かってしまう。とんでもなく窮屈だ！　私は、今、自分の目の前にいない相手には、なるべく己の言動を知られたくないと思っている。人にメールを送るときにも、自分がパソコンやスマートフォンに触っていることを知られてもいい時間を選ばずにはいられない。具体的に何時というのはないけれど、送信時間を知られてもいいと思えるタイミングと、思えないタイミングがあるのだ。たぶん、相手の自分に対する印象をコントロールしたいのだと思う。ＬＩＮＥを始めれば、メッセージを読む場合にも、この手の自意識と闘わなければならない。私には無理だ。始めたら心が爆発する。スマートフォンのメール機能が使えなくなった夫から、「今後はＬＩＮＥでやり取りしたい」と頼まれたときも拒否して、わざわざ既読の印がつかないメッセンジャーアプリで連絡を取り合っていた。

と、ＬＩＮＥに親でも殺されたような抵抗を示しているうちに、ＬＩＮＥをやっていないことは、私のアイデンティティの一部になっていた。「やっていません」と答えたときの、相手の反応。びっくりされると、楽しいよね。変わり者でいたい願望って、何歳になっても案外消えないよね。これで始めたら、自分の中の大切ななにかが失われるような気持ちになるよね……。

それなのに、どうしてあの日、私はＬＩＮＥに登録したのか。矢田の粘り強さに負けたからだ。大抵の人間は、私が「やらない主義なので」と言うと、面倒くさい奴だと思うらしく、それ以上は押さない。むしろ、逃げるように話題を変える。けれども彼女は引かなかった。のらりくらりとかわそうとする私に、最後にはこう言い放った。

「そんなちっぽけなアイデンティティは今すぐ捨てな」

確かに、と思った。

こうして始まった私のＬＩＮＥは、特に問題なく使われている。どの面下げて！と思いながら、昔の友だちやママ友らにもアカウントを知らせて回り、同期以外の〝友だち〟も増えた。既読機能は、案外気にならない。というか、ＬＩＮＥで雑談をするような相手は同期を含めて十人弱なので、気になるほどメッセージが来ないのだ。夫の「これから帰る」以外にメッセージを受信しない日も多い。連絡ツールとして使われているグループトークのほうは、参加者全員がなるべく発言数を少なくするよう心がけているので、こちらも非常に平和だ。

この穏やかさを思うとき、私は自分が大人になったことを痛感する。思春期真っ只中に手を出していたら、絶対にやばかった。既読スルーにスタンプの使い方にグループからの無断脱会。どれだけ諍いを生み出していたか知れない。そう考えるようになってようやく、自意識が邪魔して半年近く設定できなかったアイコンに画像を登録し、スタンプを押せるようになった。

人生、なにが起こるか分からないから、否定的な気持ちはなるべく自分の中に留めておいたほうがいい。それが、今回の教訓だ。

中学2～3年生にかけて回していた交換日記の、冒頭のプロフィールページより。謎の組織の一員になりきっている。

これが、小学6年生のときの交換日記。闇属性のキャラクターが好みだったらしく、やたらと「やみの」というフレーズが登場する。

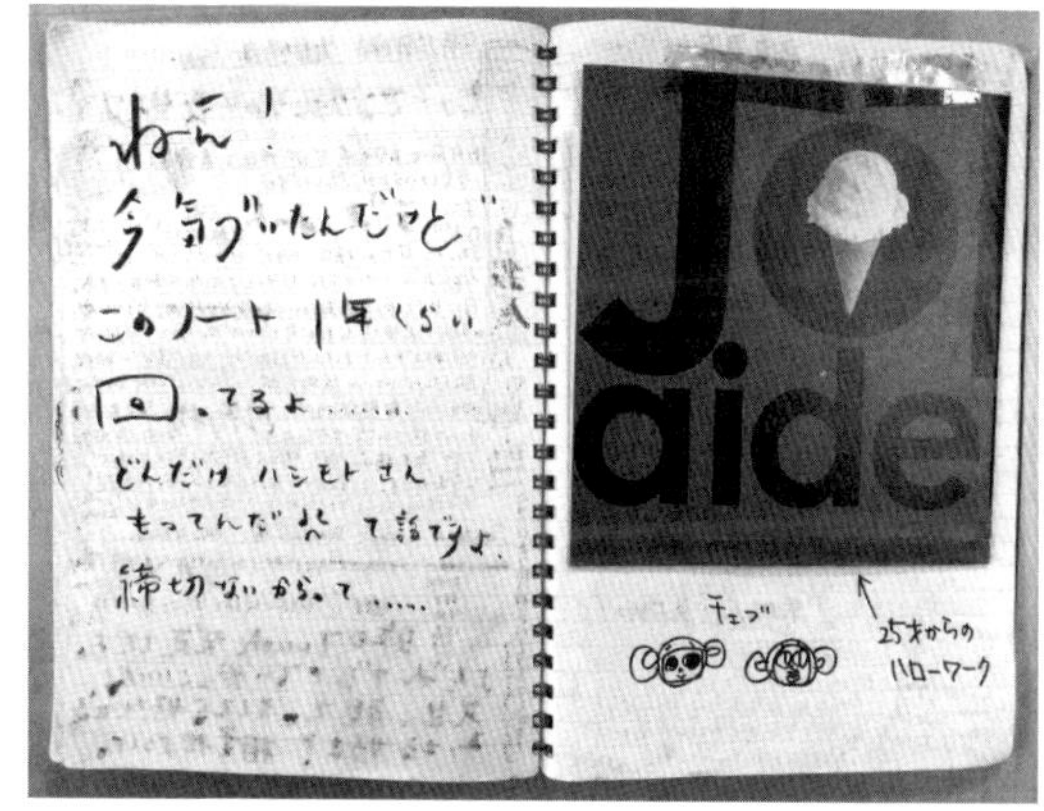

ノートを止めがちだった橋本が、ノートの中で怒られている。

6 修行感を漂わせるスタイルが

どこもかしこも、自分には遠い街だと思っていた。

これまでにも触れてきたように、私は引っ越しの多い子ども時代を過ごしてきて、中学二年生のときに愛知の豊橋市に落ち着くまでのあいだに、小学校は二回、中学校は一回変わった。今の人間関係は一時的なものだという感覚が常にあり、また、前に住んでいたところにはもう戻れないと考えていた。私が暮らしたのは、愛知（尾張旭市）、埼玉（大宮市＝現さいたま市）、京都（亀岡市）、岐阜（揖斐川町）、群馬（沼田市）、愛知（豊橋市）で、本州に収まってはいる。それでも、子どもが気ままに出掛けられるような距離ではなく、引っ越しはそれまでの街との決別を意味していた。

高校三年生のときにかつての同級生とふたたび縁が繋がって、揖斐川町まで遊びに行ったことがある。久しぶりに踏んだ岐阜の地には、懐かしさよりも、今暮らしている街と本当に地続きだったのか、という驚きのほうを強く感じた。たった三時間程度で、絶対に戻れないと思っていた場所に行けた。行けてしまった。

　この、物理的な距離と心理的な距離の乖離（かいり）は、いまだに私を混乱させる。同期とあちこち旅行していたときも、自分が北陸地方にいることに、青函トンネルを越えたことに、軍艦島に上陸したことに、内心いちいち驚いていた。お金と時間の都合さえつけられれば、人はどこにでも行ける。そんな当たり前のことが、私にとっては発見だった。


　初めて同期と泊まりがけで出掛けたのは、社会人一年目。二〇〇七年の一月だ。すでに小旅行の経験を積み重ねていた私たちは、いつしか本格的な遠出を考えるようになっていた。鉄道好きの山口と和田が立てた、青春18きっぷを最大限に駆使した計画に、橋本と矢田と私が、「それでいい！　というか、なんでもいい！」と便乗力をフル解放。三連休初日の土曜、新宿駅を二十三時九分に発つムーンライトえちごに乗って、私たちは金沢に向かった。

　このときの旅の模様は、記録の魔術師、略して記録魔の私が、一言メモを添えた日程表と写真をＨＴＭＬでアルバムふうにまとめて、ＣＤ－ＲＯＭに残している。偉い。唯一の欠点は、一言メモが一言すぎることで、意味不明なものが散見された。「山口、死体に間違われる」「矢田、口から白い液体を流す」「Ｂ‐ｂｏｙとの運命の出会い」ってなんだろう……。最後に至っては、覚えていない以上、まったく運命ではない。

記録によると、新宿駅を出発したムーンライトえちごは、午前四時五十一分に新潟駅に到着した。次の電車の発車時刻は、五時十八分。その前に朝食を調達しようと、私たちは近くのコンビニを訪れた。一月の信越地方、しかも早朝の寒さに錯乱した私と山口は、カップ麺を購入してレジ横のカウンターで湯を注ぎ、けれども食べる時間を確保できなくて、容器を手に持ったまま乗車することになった。乗り換え予定の長岡駅までは、約一時間二十分かかるという。到着まで待っていては、麺がゲル状になる。私たちはそこそこ混雑した車内で、立ったままカップ麺をなるべく静かに啜った。

この日は天気が荒れていた。電車は何度も緊急停止し、代行バスに乗り換える事態も発生して、直江津駅に着いたときには八時を過ぎていた。この騒ぎのうちに、橋本は携帯電話を紛失。また、直江津駅のホームでは、駅で買った柿の種チョコレートの美味しさに全員がパニックに近いレベルで興奮して、電車を一本逃したことも書き添えておきたい。

富山でも乗り換えて、金沢駅に着いたのは、十一時十六分だった。回転寿司屋で昼食を摂ったあと、ひがし茶屋街を散策した。尾山神社で初詣も済ませた。金沢に旅行したことを告げると、兼六園や金沢21世紀美術館に行ったかとときどき訊かれるけれど、前者は横を素通り、後者は建物の中を歩いて回っただけ、というのが我々の答えだ。電車の遅延が影響して、美術館の前に着いたときには展覧会ゾーンはすべて閉まっていた。ほかにお客さんの姿はなく、階段下に設置されたデザイン性の高いベンチに、私たちはしばらく無言で座り込んだ。疲労がピークに達していた。

居酒屋で夕食を摂ったのち、ビジネスホテルにチェックインした。当初は二人と三人で分かれるつもりでいたけれど、仲の良さがちょっとおかしなことになっていた私たちは、「できれば五人一部屋がいいんですけど」とホテルに願い出て、セミダブルベッドがふたつ置かれた部屋に、エキストラベッドをひとつ足してもらうことになった。セミダブルベッドを二人ずつ使えば、ひとつの部屋に収まる。エキストラベッドは体調を崩しかけていた矢田に譲って、私は和田と、橋本は山口と就寝した。

同期と過ごすようになってから開花した私の性癖に、人が自分の近くで眠ってくれると嬉しい、というものがある。深夜まで喋っているうちに、眠気に負けて意識を手放していく同期を見るのが好きだった。電車でも、隣の乗客がうとうとしているときには、私にもたれかかってくれればいいのに、と思う。相手が著しく重かったり、体臭が強すぎたりする場合は諸手を挙げては歓迎できないかもしれないけれど、性別や年齢は関係ない。この人は私に緊張感を抱いていないのだなと思うと、自分の存在を丸ごと許されたような気持ちになる。

この日も和田の寝息を聞きながら、私は眠りに落ちた。

翌朝の月曜は、六時十五分に起床した。天気はさらに悪化していて、緊急会議を開いた結果、日本海側を避け、時間はかかっても東海道線で帰ろうという話にまとまった。真剣な面持ちで時刻表を睨む山口と和田。旅慣れている経験から二人を的確にサポートする矢田と、そばで呼吸をしているだけの生命体こと、橋本と私。その後、全員で帰り支度を整えて、忘れものはないかと散々確認しながら部屋を出たとき、私は橋本がホテルのスリッパを履いていることに気がついた。彼奴は靴を忘れて帰るところだったのだ！　一言メモによると、この一件には「king of freedom事件」と名前がついている。想定の斜め上を行く橋本のうっかりに、私を含む四人は度肝を抜かれたのだった。

八時四十一分に金沢駅を出て、十時二十七分に福井駅に着いた。ここで昼食を済ませて、それからは延々と電車に乗った。会話は自然と消滅し、ある者はイヤホンで音楽を聴き、ある者は携帯ゲーム機で遊び、ある者は眠った。またある者はお菓子を食べて、ある者は本を読んだ。居合わせた人には、仲の悪いグループに見えていたかもしれない。

この日、唯一立ち寄ったのは、私の出身地である豊橋の駅ビルだ。めちゃくちゃ美味しいソフトクリームが食べられることを思い出して、途中下車を提案した。ついでに同じビルに入っている服屋も覗いた。ギャル系統のショップで年始のセールで売れ残ったと思しき（おぼ）アクセサリーの福袋を発見した私たちは、誰一人華やかな服装を好まないにもかかわらず、勢いでそれを買った。次の電車でジャンケンをして、勝った人から好きなものを取っていくというルールで中身を分配。実際は、ほぼ押しつけ合いだった。

住んでいた千葉の街に到着したのは、二十三時ごろだったと記憶している。通過した都道府県の数は十三。金沢に滞在していたのは十三時間で、そのうち六時間はベッドの中にいたことを考えると、観光したと言っていいのか分からない。総乗車時間は三十五時間だった。

この、ほんのり修行感を漂わせるスタイルが、私たちの旅の基本になった。

次の修行……違う、旅行の機会は意外と早く訪れた。青春18きっぷは利用期間が決められていて、「次は三月だけど」と言う山口に、「行こうよ！」と四人の声が揃ったのだ。「雪に囲まれた露天風呂に入ってみたい」という私の希望が受理されて、行き先は秋田の乳頭温泉になった。ちなみにこの旅以降、記録の魔術師は、思い出をきちんと形にまとめる働きを一切果たしていない。一度やって飽きたか、もしくは面倒になったか。たぶん、その両方だと思う。

具体的な計画は、また山口が立ててくれた。ふたたび夜行列車で新潟駅まで行き、そこから田沢湖駅に向かった。東京には春が訪れつつあったけれど、ようやく到着したその街は、白一色に覆われていた。自分の背丈を優に超す高さに積もった雪を、私はこのときに初めて見た。

まずはバスに乗り、降りたバス停から雪の壁に挟まれた道を数十分歩いた。目的の温泉施設はその先にあった。混浴だった。四十代ほどの男性二人が先に浸かっていて、当時二十代前半だった我々はさすがに気恥ずかしく、「あの人たちが出たら入ろう」と脱衣所で待機していたのだけれど、いくら待ってもその気配がない。屋外に簡単な衝立だけで作られた脱衣所はとても寒くて、私たちは次第に、裸を見られることがなぜ恥ずかしいのか分からなくなった。

「まあ混浴だし」

「もう二度と会わない人たちだし」

そう言いながら服を脱いだ。温かい湯に浸かると、どうでもいい思いはさらに加速した。気がついたときには、身体を隠すことを全員が放棄。男性二人はいなくなっていた。

そのあとは、夕食と朝食用に惣菜やインスタント食品をスーパーマーケットで買い込んで、ホテルにチェックインした。今回のホテルは、おそらく修学旅行や合宿にも対応している施設で、広々とした和室を五人で使わせてもらうことができた。「一人一枚布団があるね！」と喜んだ。

この旅の最大の思い出は、夕食のときに並べた惣菜のカツに、誰一人手をつけなかったことだ。銘々が食べたいものを買いものカゴに入れたはずで、一切れも減らないのはちょっとおかしい。当然のように浮上した、一体誰がカツを選んだのかという質問に、橋本は寂しそうな顔で小さく手を挙げた。

「ごめん、みんなが喜ぶと思って……」

帰りの電車にて、橋本は小腹が減るたびにリュックサックからカツを出して食べていた。私はこれを「カツ事件」と呼んでいる。

次の旅行は、四ヶ月後の七月。東北の恐山に行くことになった。なぜか。私たちの十八番である、「動機が分からない」がここにも当てはまる。霊山という響きになんとなく重々しい想像を抱いていたけれど、到着した霊場の地面は白っぽく、宇曽利山湖がすぐ目の前に広がり、共同浴場もあって、すこんと開けた気持ちのいい場所だった。曇天だったせいか、夏とは思えないほど寒くて、私は翌日穿くつもりだったレギンスを急遽首に巻いた。

その後、電車で函館に渡った。青函トンネルをくぐりたかったのだ。この間、私は切符を紛失して、みんなに迷惑をかけている。思い出してしまったので書いておく。はあ。函館では五稜郭に行ったような覚えがあるけれど、日記にも写真にも残っていないので、立証はできない。私の思い込みかもしれない。寒さに耐えかねて、年配の方が日常的に利用しているようなショッピングセンターで上着を購入したことは確かだ。服には暑さ寒さから身を守る役割があるということを、あのとき久しぶりに思い出したのだった。

この日は函館で一泊した。予約を入れたドミトリーに着くまでに、私たちは軽く道に迷った。まだスマートフォンが普及していないころで、山口が印刷してきた地図だけが頼りだった。目的の宿の名前「〇〇シル」から、いつしか全員の語尾には「シル」

がついて、「まだシルか」「もう疲れたシル」などと喋りながら、夜の街を一時間弱歩いた。これも今ではいい思い出シル。

翌日は市場で朝食を済ませたのち、本州に戻った。今度は津軽半島に足を運び、日本で唯一車が通れないと言われている階段の国道、339号を下りて、龍飛岬（たつぴざき）で「津軽海峡・冬景色」を三回ほど大合唱。山口と和田の憧れだったという、五能線のリゾートしらかみに乗った。ウェスパ椿山という駅で降りて、黄金崎（こがねさき）不老ふ死温泉を堪能した。ここは海に面した露天風呂になっていて、大自然の中で裸になっている開放感がすさまじかった。あ、混浴ではないです、男女で分かれています。

「不老不死になりたいかー！」

「おー！」

という和田の発明したコール&レスポンスが、しばらく私たちの中で流行った。

帰りは仙台から新幹線に乗った。下北半島、函館、津軽半島と回ったため、さすがに普通と快速列車だけでは連休中に千葉に戻れなかったのだ。青春18きっぷに縛られすぎなければ、もっと遠くに行ける。さらなる旅の可能性に、私たちが気づいた瞬間だった。

このような旅の話が、私が行けなかったものを含めてあと十一……え、十一も？ある。青春旅行篇、続きます。

金沢21世紀美術館にて。誰からも生気が感じられない。

恐山の湖のほとりに佇む私。首
にはレギンスが巻かれている。

バスを降りて、5人で
乳頭温泉に向かってい
るところ。銀世界！

7　これから開くんです

前回の続きです。私が同期と主に青春18きっぷを活用した旅行に、常軌を逸した頻度で行っていたころの話。

四回目は、前回の旅から三ヶ月後の、二〇〇七年十月に企画された。行き先は、鳥取。北陸や東北ばかり行っていたから、そろそろ西を攻めようという話になったのかもしれない。青春18きっぷの利用期間は、春季、夏季、冬季の年三回で、秋がない。そのため、この旅では「鉄道の日記念・JR全線乗り放題きっぷ」が使われたそうだ。

そうだ、というのは、この企画に私は参加していない。なぜだ、と眼鏡のブリッジを押し上げながら禁断の書こと日記を読み返したところ、鳥取旅行の十三日前に結婚していたことが判明した。そういえばしたなあ、結婚。同期四人が鳥取に向かった三連休の初日、私は新居でダイニングテーブルを受け取る予定になっていた。しかも、翌日には夫の両親と妹を招待して、手料理を振る舞ったようだ。己を素敵な人間に見せかけようと、アキレス腱が引きちぎれそうなほどに、ぎゅんぎゅんに背伸びをしていたことが窺える。

橋本、矢田、山口、和田は鳥取砂丘に行ったそうだ。とても天気に恵まれたようで、快晴の空の下、ラクダに跨がり破顔した彼女たちの写真は、私の脳裏に焼きついている。

次の京都旅行に出掛けたのは、二〇〇八年一月の三連休だ。私たちが泊まりがけの遠出という劇物に手を出して、ちょうど一年が経過したことになる。この旅には、入社から半年後に家庭の事情で宮崎に帰った清野も来ることになった。私たちは千葉から、清野は宮崎から、まさかの現地集合だ。そもそも行き先が京都に決まったのは、私の結婚式の引き出物だったカタログギフトに舞妓体験サービスがあり、これと引き替えたいという話で同期が盛り上がったことにあった。

この京都旅行にはドレスコードが設けられていた。出発の数週間前、私は和田からそのことを告げられた。

「テーマは愛されOLね」

「どういうこと？」

「迷彩柄のパンツとか、スニーカーとかリュックとか、全部禁止だから」

旅の時間の大半を電車に揺られて過ごす私たちは、いつも非常にラフな格好をしていた。というより、目を細めて見れば部屋着も同然だった。今回の旅行は、そこからの脱却を目指すらしい。愛がなんなのか、なにに愛されたいのかも分からないままに、私はスカートとブーツを選んで家を出た。あとの四人も概ね似たような雰囲気で、ただし、山口が被ってきた「銀河鉄道９９９」のメーテルのような帽子だけは、「それって愛されＯＬ？」と私たちを戸惑わせた。

舞妓体験は楽しかった……と思う。あまり覚えていない。私は着物とカツラの苦しさに早々に音を上げたけれど、矢田と山口と和田は、その格好で外を散策して、外国人観光客の方々に写真を撮られまくっていた。舞妓体験のあとは、八ツ橋パフェを食べたり、八坂（やさか）神社にお参りに行ったりした。

夜は六人で古民家を利用したゲストハウスに泊まった。部屋にはテレビがなく、翌朝、清野は「仮面ライダー電王」の最終回を携帯電話のワンセグで見るために、電波を求めてうろうろ歩き回っていた。歴史ある建物でゆったりとした時を過ごす、というゲストハウスのコンセプトは、彼女の仮面ライダー愛の前に粉々に砕け散っていた。

清野とは現地解散で、そのまま京都駅で別れた。

六回目は半年後の七月で、行き先は二度目の東北だった。矢田はこの旅を欠席している。旅行の日程は、青春18きっぷの使用期間を最優先に組まれるため、行けない人は行けないのだ。全員参加を絶対としていない緩やかさも、私が同期と出掛けることを好んだ理由のひとつだと思う。

この東北旅行のドレスコードはヒッピーだった。おかげで私は、夫を買いものに付き合わせて、「この服ってヒッピーっぽい？」と難題を突きつけ続けることになった。当日蓋を開けてみれば、あとの三人のヒッピー感も実に不安定な代物で、結局私たちは、ロングスカートを穿いて頭に紐状のものを巻き、なぜか眉間に赤いシールを貼りつけただけの怪しい集団と化していた。

上野駅から寝台特急あけぼのに乗り、青森へ向かった。その車内で私は、ドストエフスキーの『カラマーゾフの兄弟』を読んでいる。当時利用していたSNSに、そんな一文が残されているのを発見した。そうだった。寝台列車でドストエフスキーを読んだことを日記に書いて投稿したら格好いいのではないかと、荷造りの際にわざわざ『カラマーゾフの兄弟』を選んだのだった。私はそういう人間なのだった……。

青森駅に到着したあとは、レンタカーを使った。私たちはこの旅で、車を借りるという技を習得した。革命的だった。車があれば、バスやローカル線の時刻表に左右されない。公共交通機関の腕が伸びていないところにもすいすい行ける。機動力が何倍にもアップしたのを感じた。

一日目はそのまま下北半島を回り、本州最北端の碑を見たり、仏ヶ浦（ほとけがうら）へ行ったりした。夜はむつ市の旅館に泊まった。二日目は、一年ぶりに恐山を訪れた。なにが私たちを霊山に駆り立てるのかはさっぱり分からないけれど、今度は年に一度の大祭が催されているときに行ってみようと話していたのだ。イタコのテントには大行列ができていて、昨年とはまったく違うにぎわいに驚いた。なお、この年はきちんと上着を持っていったので、首にレギンスは巻いていない。人間は学習する生きものだ。

恐山を下りたのち、寺山修司記念館に向かった。これは山口の趣味で、あのころの私は寺山修司のことをほとんど知らなかった。三回目のエッセイにも書いたように、矢田と清野を含めた私たち六人は、好みのジャンルこそ異なるけれど、全員が本を読む。これは本当に奇跡だったと、今にして思う。本とは関係のない場所で読書が趣味の人間に出会うのは、わりと難しい。私は本が好きだから、同期がこれほど仲良くなれた要因をひとつだけ挙げろと言われたら、どうしてもこの共通点を挙げたくなる。

寺山修司記念館のあとは、新郷村のキリストの墓に行った。イエスは若いころに日本で修行して、一度はユダヤに戻ったものの、ユダヤ人に受け入れられず、磔刑に処せられそうになった。そんな伝説がこのあたりには残っているそうだ。弟が身代わりになってくれたことで命を救われたイエスは、ふたたび日本に渡り、この新郷村（旧戸来村）に居を構えて、百六歳まで生きたらしい。巨大な十字架の墓の前で、世の中にはいろんな場所があるねえ、と、みんなでしみじみした。

八戸駅でレンタカーを返却して、二日目の夜はホテルに泊まった。セミダブルベッドに二人ずつ。くっついて眠るのは、もはや我々の得意技だ。翌朝は四時台に起きて、始発電車に乗った。種差海岸を散歩して、近隣の市場をうろついていたときに、店のおばあさんから、「お姉ちゃんたちは宗教の人？」と訊かれた。私たちのヒッピーふうファッションが、おばあさんにそんな疑問を芽生えさせたらしい。一般的に、初対面の相手に宗教の話題はタブーとされている。そこへ平然と切り込んでくるおばあさんにも、「あ、これから開くんです」と答えた和田にもしびれた。

久慈駅からは、三陸鉄道に乗り換えた。北リアス線と南リアス線に乗り、車窓からリアス海岸を眺めるのは、恐山大祭と並んでこの旅のメインイベントだった。ところが、これまでの疲れと早起きがたたったのか、私は乗車してすぐに眠りこけた。ほかの三人も同じような状態だったらしく、誰一人として入り江の風景を目にしていないことが終点で発覚。ごくごくシンプルに、自分たちのことを馬鹿だと思った。

東日本大震災が起こったのは、この二年八ヶ月後だ。三陸鉄道は甚大な被害を受けながらも、地震からわずか五日後に久慈駅―陸中野田駅間の運行を再開して、地元の人々を勇気づけたという。そのニュースを見ながら、私はこの旅のことを思い出さずにはいられなかった。二〇一四年の四月には、全線が無事に復旧を遂げた。今度こそリアス海岸を網膜に焼きつけるために、また遊びに行くつもりだ。

七回目は三ヶ月後の十月で、行き先は石川。ふたたび鉄道の日記念切符を使い、五人揃って出発した。当初は羽咋郡のモーゼパークにモーゼの墓を見に行く予定だった。青森でキリストの墓に行ったことが、私たちをモーゼの墓の前に立たなくてはいけないような気持ちにさせていた。けれども、途中でスケジュール的に厳しいことが分かり、結局、ぐだぐだだった初回の金沢旅行のやり直しをすることで話は落ち着いた。金沢21世紀美術館を常設展示、特別展示ともに堪能し、今度はにし茶屋街を歩いた。アルバムを開くと、みんなすっかり普段どおりの出で立ちだ。隠しきれない部屋着感。ドレスコードはなかったらしい。

復路では、比叡山延暦寺と彦根城に寄った。比叡山。また霊山だ。実は私は大学の卒業旅行でも比叡山を訪れている。能動的に行きたいと思ったことは、たぶん一度もない。それなのに、着々と霊山経験値が溜まっているのはなぜなのか。ちなみに、霊感はゼロ。皆無です。

八回目は伊豆だった。前回から半年後の二〇〇九年三月で、これに私は参加していない。アルバイト先を変えたばかりで、休みが取りにくかったのだ。同期の目的は、椎茸狩りだった。料理好きの橋本は、椎茸用にわざわざ家から調味料を持参したそうだ。砂の斜面をソリで滑り降りるサンドスキーに興奮して、夜はキャンピングカーに泊まったと聞いた。

世の中にはいろんな場所があって、いろんな人がいる。同期といると、つくづくそう思う。

九回目は二ヶ月後のゴールデンウィークに、房総半島の館山（たてやま）へ出掛けた。メンバーは、矢田、山口、和田、私の四人。よみがえったドレスコードは、アイスが似合うティーンふうファッションという雑なもので、みんな、コントラストの強い服でお茶を濁していた。

この旅の目当ては、サンドスキーだった。伊豆に行けなかった私にもぜひあの楽しさを体験して欲しいと、三人は熱弁をふるった。途中でソリをレンタルするつもりが、ちょっとした行き違いから叶わなくなり、相談した結果、土産物屋で買いものをして、その店で段ボールを分けてもらおうという話になった。一人一枚、大きな段ボールを抱えて数十分歩いた。今、写真を見返したら、全員の服装がつなぎに変わっている。例の、色違いで所持しているつなぎだ。どこで着替えたのだろう……。記憶にない。怖い。

やっと砂丘に辿り着き、砂の斜面をひいひい言いながら上って、いざサンドスキー！と私は段ボールに飛び乗った。ところが、これがまっっったく滑らなかった。ゆっくり時間をかけて、数十センチを下るだけ。何度挑戦しても、誰がやっても同じだった。唖然とする私に、「ソリだと本当に面白いんだよ！」と三人は言った。こうなったら、私たちにできるのは、サンドスキーを楽しんだかのように記録をねつ造することだけだった。髪を振り乱してスピードが出ているふうの写真を撮り合い、砂丘をあとにした。

駅に向かうバスを待っているあいだに、矢田が砂山で財布を落としたことに気がついた。みんなで捜しに行こうという話になったけれど、私は砂の上を歩くことと坂を上ることが苦手だ。常人の三倍は時間がかかるため、三人の荷物の番を兼ねて、バス停に残ることにした。

限りなく不可能に近いことを表す西洋のことわざに、「干し草の中から針を探す」というものがある。砂山で財布を捜すというのも、そのくらい難易度の高いミッションだ。そもそも、旅行中にものを落とすことは永遠の別れに近くて、一回目の金沢旅行で橋本がなくした携帯電話も、三回目の東北旅行で私が紛失した切符も、どちらも見つからなかった。これは難しいかもしれないなあ、と広い空を眺めながらぼうっとしていたら、三人はあっさり財布を発見して戻ってきた。まじミラクル、と思った。

同期との旅行も、残すところあと五回。飽きてませんか？　大丈夫ですか？　青春旅行篇、もう一回ぶん続きます。霊山にも行っています。

早朝の種差海岸に佇む似非ヒッピーたち。この数十分後、市場のおばあさんからあの質問を投げかけられる。

京都旅行の移動中、電車で爆睡する同期。

ねつ造したサンドスキーの記録。実際は、ぴたりと静止している。ぴたりと。

8　スタンプラリー的な発想

引き続き、同期との旅行の話。今回で最後です。

十回目の四国、十一回目の北海道旅行に、私と矢田は参加していない。私は八回目の伊豆旅行の前に始めたアルバイトが、原則的に土曜も出勤しなければならなくて、前もって申請すれば休めると面接時には聞かされていたけれど、実際に勤めてみたら、とてもそんなことを言い出せる雰囲気の職場ではなかった。ちなみに私は気が強い。恋人だったころの配偶者に、「可愛い、面白い、優しいのみっつで私を評価するとしたら、なにが一番目にくる？」と尋ねて、「とりあえず優しさは三番目だね」と朗らかに即答されたこともある。それでも、アルバイト先で休みを取得することは、なぜか大学時代から苦手だった。矢田も転職先の職場が激務で、旅どころではなかったらしい。

四国旅行は、房総半島へ出掛けた二ヶ月後、二〇〇九年七月に行われた。橋本と山口と和田は、高知を走る土佐くろしお鉄道に乗ったり、幕末の絵師、弘瀬金蔵の絵が民家の軒先に飾られるという絵金祭りに行ったりしたと聞いた。この旅の最中、和田は自分の実家に突然電話をかけて、「友だちと近くまで来とるけん、これからお昼食べに寄るわ」と連絡している。実は和田は、愛媛出身なのだった。千葉に暮らしているはずの娘が、一、二時間後に友だちを連れて帰ってくる。電話を受けた両親の驚きは相当なものだったと思う。

　三人は、昼食を食べ終えて、テレビに映っていた将棋番組をしばらく眺めたのち、次の目的地に出発したそうだ。一般的に、大人になってからできた友だちの親には、なかなか会う機会がない。その友人が家を出ていればなおさらで、家族の顔を知らないことも珍しくない。だからこそ、うっかり左右違う靴下を穿いてしまった橋本の足を指差して、和田の父親が、「知っとるよ。東京ではこれがお洒落なんやろ」と言ったというエピソードを含めて、私はこの和田家訪問話がとても好きだ。何回聞いてもにやにやしてしまう。

　次の北海道旅行は二〇一〇年一月で、三人は襟裳岬に行ったそうだ。流氷を見たと聞いた。これ以上外にいたら死ぬ、という未知の感情を知るほど寒かったらしい。そりゃあそうだろうよ。一月の北海道だよ。

バナナで釘が打てるか実験したけれどだめだった、という山口の談が、私の中にもっとも強く残っている土産話だ。

この二ヶ月後に企画された十二回目の旅の目的地は、ふたたびの伊豆だった。橋本、山口、矢田、和田の四人のあいだで、「また椎茸狩りに行きたいね」という話になったそうだ。一人未体験の私は、「そんなに？」と椎茸狩りの中毒性の高さに困惑しながらも、元気に便乗した。

例によって土曜に休みを取れなかったため、私は二日目の日曜から合流しようと考えていた。朝起きたときから天気はやや荒れていたけれど、椎茸狩りはビニールハウス内で行われると聞いている。いわば屋内型アミューズメントだ！　現地に着けばなんとかなるだろうと、私はろくにニュースも見ないまま地元の駅に向かった。すると、午前六時過ぎの時点で、鉄道のダイヤは乱れていた。すでに運休している路線もあった。

「今日、行けない」

私は改札の前から同期たちにメールを送った。

十三回目の旅行は、四ヶ月後の七月。行き先は長崎だ。軍艦島（端島）へ行くことになった。移動手段は飛行機とレンタカーと船で、私たちはついに電車乗り放題切符からの卒業を果たした。私はやっぱりアルバイト先に休みを申請できなくて、一日遅れで長崎空港行きの飛行機に乗った。橋本はこの旅に不参加で、矢田、山口、和田の三人は、島原あたりを観光して初日を過ごしたそうだ。

私が飛行機に乗って出掛けるのは、幼少期を含めて、これで三度目。一人で搭乗手続きをするのは初めてだった。夫にチケットを取ってもらい、座席に着くまでの流れを散々レクチャーされたことなどおくびにも出さずに、慣れてますけど、という顔で手荷物検査を受けた。飛行機は補助エンジントラブルに見舞われながらも、定刻の三十分遅れで無事出発した。

長崎空港で待っていてくれた矢田と山口と和田は、私を出迎えるなり、「どっちがいい？」と言って、ゆるいネコのイラストの入ったTシャツを二枚突き出した。実は今回の旅には、久しぶりにドレスコードが設けられていた。テーマは、キリスト。長崎だから、キリスト。もはや誰もドレスコードの意味を理解していない。私は一応、白くて緩いシルエットの服を準備していた。ところが三人は、前日の雑貨屋で、一枚千円のTシャツを発見。これを、デザイン違いで五枚購入したと言う。

「明日はみんなでこれを着て軍艦島に行くから」

私は胸ポケットにネコが収まっているふうのTシャツを選んだ。余った一枚は、もちろん橋本への土産になった。ちなみにこのネコは、長崎とは縁もゆかりもない。東京でも普通に購入できたと思われる。

空港を出発してから、車で長崎ペンギン水族館へ行った。名前のとおり、ペンギンがたくさんいる水族館だ。自然の海を泳ぐペンギンたちの姿を見ることができた。これは、施設に隣接する橘湾の一角をネットと柵で囲い、その中にペンギンを決められた時間だけ放つという展示方法で、世界初の試みらしい。浜をちょこちょこ歩く姿が可愛かった。

そのあとは、大浦天主堂へ向かった。ところが、急な上り階段を前にみんなで無表情になり、結局遠目から見ただけで観光を済ませた。ちゃんと行けよ。行っておけよ。

グラバー園には行った。園内をしっかり一周した。けれども、ペンギン水族館では写真を二十枚撮ったのに対して、グラバー園の写真は四枚しか残っていない。しかも、そのうちの一枚は、山口と和田が坂本龍馬の写真パネルを挟んで笑みを浮かべているものだ。私の美意識はどうなっているのか……。なぜ歴史的建造物の写真を撮らない……。

グラバー園の次に訪れたのは、遠藤周作文学館だった。遠藤周作は私の好きな作家の一人だ。でもこのころは、まだ四、五冊しか読んでいなかったような気がする。あとの三人も特に熱心な読者ではなくて、それでもいつの間にかここに行くことが決まっていた。前回のエッセイにも書いた、全員が本好きだからこその流れだと思う。『沈黙』は、この旅の課題図書に指定されていた。

この遠藤周作文学館がすごくよかった。生前の愛用品や生原稿を見られたり、訪問客が遠藤周作への思いを綴るノートを読めたり。館内が空いていたこともあって、ゆっくり過ごした。施設は角力灘を一望できるところに建っていた。展示を見終えて外に出ると、空はちょうど夕暮れどきだった。この光景は、迫害されていた隠れキリシタンたちの目に映っていたものと同じなのだと思うと、辛かった。

文学館からほど近い道の駅のバイキングレストランで、夕食を摂った。昼食の皿うどんやトルコライスがまだ胃に残っていたにもかかわらず、料理があまりに美味しくて、私たちは強気の姿勢でせっせと食べた。なにに感動したあとも、食欲は湧く。みんなお腹がはち切れそうになった。

そこからどうしてジャンボパフェを食べることになったのか――。

当時、私たちはジャンボパフェブームの真っ只中にいた。長崎には日本有数のジャンボパフェがあるとガイドブックで知り、これは挑まなければならないと、方向違いな使命感を抱いていたことは確かだ。行くとしたら、スケジュール的にここしかない。私たちは、バイキングレストランを出てレンタカーに戻ると、カーナビの目的地をとりあえずその店に設定した。到着予定時刻は、ジャンボパフェのラストオーダーの時間とちょうど同じ。間に合うかどうか微妙なところだ。

「一応、店に電話してみる？」

誰かが発したこの提案が、地獄の始まりだった。

「そう……だね。店まで行ってぎりぎり間に合わなかったら、全部無駄になっちゃうもんね」

「ラストオーダーの時間を少し過ぎそうなんですけどって言ってみて、それで断られたら諦めよう」

「オッケー、それでいこう！」

全員が断られることを期待していた。店の人に断られて、しょうがないね、と笑いながら、明るく諦めたかった。ところが、電話に出た店員は、「ありがとうございます！大丈夫ですよ、お待ちしています！」と、とても元気に対応してくれた。店から少し離れた駐車場に車を停めた私たちは走った。ぱんぱんに膨らんだ胃を抱えて、食べたくないパフェのために全力で走った。ジャンボパフェは、一メートルを優に超える大きさだった。私たちは、閉店までの一時間をかけて完食した。

翌日はいよいよ軍艦島だ。四人でネコのTシャツを着て、港に向かった。軍艦島行きの船は、出航できたとしても、島に上がれるとは限らない。その日の天候や波の状況にかなり左右されて、一年の半分くらいは上陸許可が下りないそうだ。この日は運良く快晴で、私たちは軍艦島に降り立つことができた。島の外周に設置された新しい道をてくてく歩き、島の内側を覗いた。道は島を一周する造りにはなっていなくて、居住区にも通じていない。それでも、ほんの三十六年前までここで大勢の人間が生活していたことを考えると面白かった。

その後は交代でレンタカーを運転して、福岡空港から飛行機で東京に帰った。

十四回目の旅行は、半年後の二〇一一年一月。またまた橋本を除いた四人で、今度は和歌山の高野山へ出掛けた。恐山、比叡山、高野山が日本三大霊山であるという説を見かけて、こうなったら最後のひとつも押さえておくかという、スタンプラリー的な発想だった。土曜の夜にムーンライトながらに乗り、東京駅を発(た)った。南海電鉄の天空にも乗って、ほぼ半日をかけて高野山に辿り着いた。前回、電車乗り放題切符から卒業したように思ったのは、気のせいだったらしい。

高野山は雪が降っていて、あたりは静かで真っ白で、終始厳かな雰囲気だった。ほかの参拝客とはほとんど出会わなかった。とにかく歩いて、有名武将の墓をたくさん見つけた。弘法大師がいるという奥之院も参拝した。

三大霊山を制覇するほかに、私たちには高野山を訪れた目的がもうひとつあった。橋本、山口、和田の後輩に当たる男性社員のお姉さんに会いに来たのだ。お姉さんは、高野山にある老舗和菓子屋で働いていると聞いていた。当然、後輩にもお姉さんにも、事前に知らせるような真似はしない。職場の後輩の家族に突然挨拶に行ったら面白いんじゃない？　という好奇心だけで私たちは行動していた。愛媛で和田の実家にお邪魔した経験が、よくない方向に応用された結果と言える。

急に現れた私たちに、お姉さんはとても優しかった。購入ぶんより随分多いのではないかと心配になるほど、和菓子をたくさん持たせてくれた。店を出たあと、そうか、こういうことになるのかと、自分たちの考えの浅さにみんなで項垂(うなだ)れた。「来ちゃいましたー！」「えー、びっくりー！」だけでは、大人は済まないのだった……。

この日のうちに大阪まで戻り、夜はカプセルホテルのファミリールームに泊まった。

翌朝、用事があるから新幹線で一気に帰るという矢田を残して、山口と和田と私はホテルをチェックアウトした。途中参加も途中離脱もなんでもありなのが、同期との旅だった。

私たち三人は岐阜県内で電車を降りて、観光地を二ヶ所ほど巡った。ひとつ目は、関ヶ原の戦いを等身大のコンクリート像で再現したテーマパーク、関ケ原ウォーランドだ。日本史に疎かった私は、歴史好きの山口と和田のレクチャーを受けつつ、敷地内を歩いていた。私がふと、「兵士の数は西軍のほうが多かったのに、なんで石田三成は負けたの?」と尋ねたときだった。和田が両の目をかっぴらいて、

「みっちゃんはね、本当は勝てたんだよ! あいつが裏切らなければ!」

と、小早川秀秋の像を力強く指差した。関ケ原ウォーランドがものすごく正しく使われている瞬間に立ち会えた気がした。このときを境に私は戦国時代に興味を持つようになり、今では堂々の西軍派を名乗っている。

ふたつ目は、養老天命反転地。これは、変わった建造物がいっぱい建っている、体験型美術館のような不思議な施設だ。養老からは養老鉄道に乗り、何度も何度も乗り換えて、八時間近くをかけて東京に戻った。

当時のSNSの日記を読み返すと、私はこの旅で、三島由紀夫『美徳のよろめき』と、

ドストエフスキー『カラマーゾフの兄弟』の新訳の一巻を読み終えている。また格好つけやがって！　と叫びたくなると同時に、この三年前の京都旅行にも『カラマーゾフの兄弟』を持参したことを思い出し、その意欲の薄さに愕然（がくぜん）とした。

ちなみに、高野山旅行からおよそ十年が経った今も、全巻読めていない。


私たちの旅の記録は、これで終わりだ。高野山以降、泊まりがけの旅行が企画されなくなったのは、和田の妊娠が判明したからだろう。三回目のエッセイに書いた、二〇一一年五月の横浜再訪の翌日にその事実を知らされて、私たちは喜びよりも先に、妊娠初期の妊婦と黄金町を歩き回ってビジネスホテルに泊まったのかと、気が遠くなるような衝撃を覚えた。そして、和田の一ヶ月後に私も妊娠した。

私たちは、私たちのことが好きだった。旅行中も、「ビデオカメラをずっと回していたいね」「それだと撮影している人が映らないから、カメラマンを雇いたいね」と、ふざけてよく話していた。某アイドルグループが東京ドームを満員にしたという話を聞けば、「なんでもいいから私たちもドームを埋めたい！」とほざき、近くにいた会社の先輩に、「公演する側に自分を置き換えられるあなたたちはすごいよ」と呆れられた。みんな二十代のいい大人だったけれど、女子中学生みたいに無敵だった。

同期との旅がこうして本になった今の状況が、私にはとても愉快だ。作家になってよかったことのひとつだと思う。というより、作家という道が、同期との旅路の先にあったような気がしている。霊山やキリストの墓や、全然滑らなかったサンドスキー、混浴、ドレスコードという名のコスプレ、友だちとひとつのベッドで眠ったこと。振り返ると、ガイドブックでページが割(さ)かれているようなスポットに関する記憶があまり残っていないことに気づかされる。たぶん、隣町でも外国でも、行き先はどこでもよかった。自分の想像を超えたものを楽しめたら、それは自由を獲得したことと同じだ。そして、自由な場所に出たと感じられたら、その旅はきっといい旅なのだ。

これはもしかしたら本も同じかもしれない。最近はそんなことを考えている。

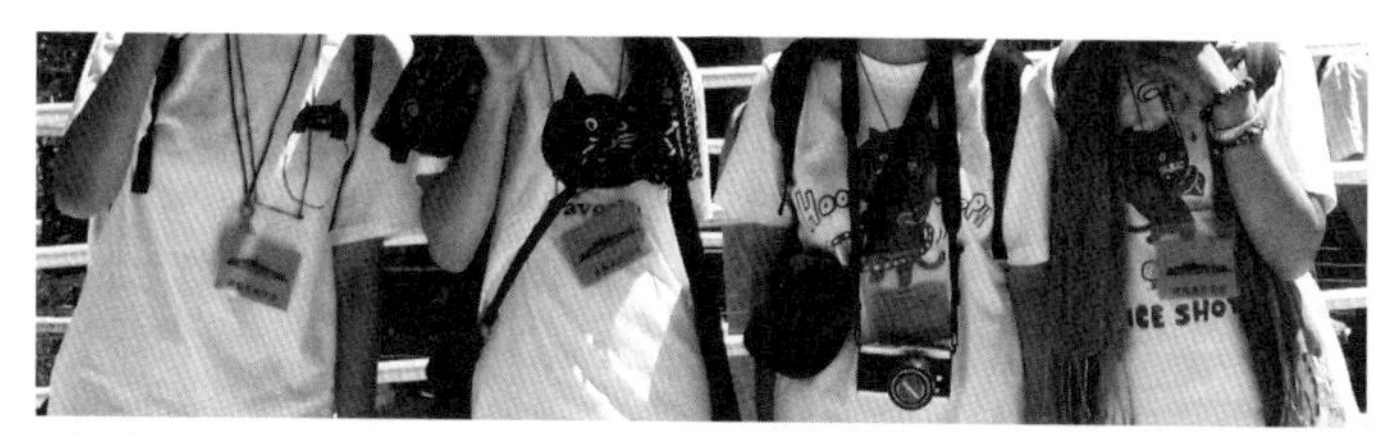

軍艦島に上陸した私たち。これが、例のネコのTシャツ。

関ケ原ウォーランドで撮ったもの。コンクリート製の像の群れに和田が紛れている。

高野山にて。

9　おかあさんもたのしくしてね

子どもを産んでも友だちとの関係は変わらないと信じていた。

私には、娘が生まれてすぐに心に決めたことがあった。それは、夫に子どもを任せて遊びに行くことに、一切の罪悪感を持たないということ。夫に配慮や感謝はしても、子どもに、ましてや世間のようなものに、申し訳なさは覚えない。母親である私も父親である夫も、子どもにとっては一親等。法律上の距離は同じだ。しかも、我が家の場合、育児の適性が高いのは、明らかに夫のほうだった。私は娘の人形遊びに交ざると、五分で目が死ぬけれど、夫は何時間でも声色を変えて付き合える。娘が設定したルールに、「そんなことなら遊びたくない」と反発して、泣かせるような真似もしない。いや、適性がなかったとしても、育児の負担は夫と分け合いますけれど。

こんなふうにわざわざ明記するのは、もしかしたら私の中にも、子どもを置いて遊びに行くことに対する罪悪感……に似たものが眠っているからかもしれない。でも、それに捕まりたくない。それに捕まれば、私はいつかそれの裏返しでもって誰かを妬み、攻撃してしまうだろう。親であっても、何歳になっても、家族を傷つけていないと思える範囲を探りながら、私は遊ぶ。もちろん夫も私に感謝と配慮を示しつつ、同じように遊べばいい。すべての休みを揃って過ごさなくても、家族は面白おかしく暮らせるはずだ。

この心構えがあれば、親になってもなにも変わらない。

この予感は半分が当たり、半分が外れた。

子どもが小さかったころにもっともよく会っていたのは、なんと言っても同期の和田だ。私が出産する三週間前に、彼女も子どもを産んでいた。和田と私の住まいは離れていたけれど、私の娘が生後四ヶ月を過ぎた、二〇一二年の五月ごろから、中間地点の池袋で落ち合うようになった。当初は親子カフェのような店で大人しくランチを摂っていたのが、互いに乳児連れの外出に慣れてくると、このまま同人誌ショップにも行けるのでは？　という、欲望とチャレンジ精神を掛け合わせた感情が爆誕。「子どもが歩くようになったら来られないよね！」という結論のもと、平日の空いているときを狙って、同人誌ショップを訪れるようになった。

抱っこ紐で子どもを身体に張りつけた私たちは、ひよこ鑑定士がひよこの雄雌を判別するような速さで目当てのジャンルをチェックした。店にいる時間は十分程度だったけれど、それでも充分楽しかった。あれは、親になっても必ずしも好きなものを諦めなくていいことを、身体を通して理解できていたからだと思う。こういうことは、いくら頭で分かっていてもだめなのだ。

娘が生後半年のときには、いよいよ娘を夫に頼んで、同期の清野の結婚式にも参列した。清野が私たち五人を宮崎に呼んでくれたのだ。私は母乳育児中で、乳汁を数時間おきに外に出さなければ、乳房が石のように硬くなるよう身体が仕様変更されていた。これがまじのまじに痛いことはすでに経験済みで、また、乳汁の詰まった乳腺が炎症を起こす可能性があることもよーく分かっていた。でも、どうしても行きたかった。結局、とんぼ返りできるよう飛行機を押さえた上で、搾乳器を持参。ホテルのトイレで母乳を搾って便器に流すことで、問題を解決した。

山口から、「甲冑の試着体験ができるところを見つけた」と、体験型博物館に誘われたのは、その三ヶ月後だ。「着る!」と即答した私は、施設が自宅からわりと近かったこともあり、今度は娘を連れて出掛けることにした。私たちのほかには、橋本もやって来た。アルバムにはこの日、甲冑を着た私が満面の笑みでベビーカーを押す写真が残っている。ちなみに、娘は堂々の無表情だ。

試着体験のあとは、外のテーブルで昼ご飯を食べたり、散歩したりしてのんびり過ごした。私の夫は仕事が忙しく、平日はいわゆるワンオペで娘の面倒を見ていた私にとって、子ども一人に対して大人三人ぶんの手があり、かつ友だちと喋る楽しさを享受できる状況は、精神的にも肉体的にも救いだった。子どものいない友人が、娘が泣いたり叫んだりしても問題ない場所に一緒に出掛けて楽しそうに笑ってくれたことは、育児中にもっとも嬉しかったことのひとつだ。いつだったか、私と和田が東京都渋谷区のこどもの城に行く計画を立てたときにも、橋本と山口は付き合ってくれた。中学からの友人にもそういう子がいて、結局、私が出産しても友だちとの関係は変わらないと信じていられたのは、彼女たちの存在が大きかったような気がする。

娘が十一ヶ月のときには、某アイドルグループのコンサートへ出掛けた。メンバーは、橋本と和田と私の三人。今度は夫と娘に留守番してもらった。当時の日記を読み返すと、午後六時の開演にもかかわらず、朝の十時に待ち合わせをして、焼き肉食べ放題の店で昼食を摂っている。この日を遊び尽くす！　という、私と和田の執念じみた意気込みを感じる。ランチには山口も来てくれた。矢田はイタリアに旅行中だった。

このコンサートの二日後に、私はノロウイルスによる胃腸炎を発症。数日間、娘との接触を断たざるを得なかったことで、予定外に断乳を達成した。これにより、私にできて夫にできない育児はこの世から消え去った。そう、きれいさっぱりなくなったのだ。

つまり、これでもっと遊べる、と私は思ったのだった。

子どもを夫に任せて東京湾の観光クルーザーに乗ったのは、二〇一三年の三月。娘が一歳二ヶ月のときだ。和田がどこからか入手した無料の乗船チケットを、同期みんなで使わせてもらうことになった。本来は、ランチクルージングを楽しむための便らしかったけれど、ランチの追加料金を払いたくなかった私たちは、レストランの利用をさっくり断り、春の寒さに軽く震えながら、百五十分間をデッキで過ごした。

この二ヶ月後には、やっぱり夫と娘を家に残して、ついにあの屋内型アミューズメントを体験した。橋本、山口、矢田、和田が、「それはもはや別のキノコなのでは？」と私に疑念を抱かせるほど夢中になっていた、椎茸狩りだ！　千葉県内で行われているところを山口が発見したのだった。橋本と和田と和田の子どもも参加して、駅からの移動にはレンタカーを使用した。

この椎茸狩りが、めちゃくちゃ楽しかった。原木がビニールハウス内にずらっと並ぶさまは面白くて、また、椎茸をもぐときの感触が最高に気持ちよかった。たやすいようで、まったく抵抗がないわけでもない。スーパーマーケットではなかなか見かけないような立派な椎茸を、その施設のバーベキュースペースをレンタルして、焼いて食べた。一口齧った瞬間に、これが椎茸なら、私が今までに食べてきた椎茸は椎茸じゃなかった、と思った。肉厚という単語の字面どおりに、分厚い肉を彷彿させる食感がある。回しかけた醤油が椎茸の旨みと口の中で混ざり合って、出汁に化けていくみたいだ。興奮しながら相当量を食した。

和田と子どもは遅くならないうちに帰りの電車に乗り、残った私たち三人は、日が沈むまで周辺をドライブした。日記によると、私はこのときに、自分が作家を目指していることを山口に打ち明けている。二人で精神的なことを話す機会が多かった橋本は例外として、私は自分が小説を書いていることを大半の友だちに告げていなかった。諦めたときに諦めた理由を説明するかもしれない相手は、少ないほうがいい。そう思っていた。でも気がつくと、初めて新人賞に応募したときから六年が経っていて、前にも後ろにも進めないような状況にうんざりしていた。なんでもいいから現状を変えたかった。

私がすばる文学賞を受賞したのは、椎茸狩りの日からちょうど四ヶ月後だ。

それからも誰かの家に集まったり、どこかへ出掛けたりした。娘を連れて行くこともあったけれど、遊ぶと決めたときは徹底的に楽しみたくて、私は夫に任せることのほうが多かった。

一度、昼よりも夜に家を空けたほうが夫も楽では？　と閃(ひらめ)いて、映画のレイトショーに徹夜カラオケをくっつけるという激熱プランをぶち上げたことがある。娘が一歳十ヶ月、二〇一三年の十一月だ。なにかと慌ただしい日中に比べて、夜中の育児は夜泣きに対応すること、この一点のみ。上手くいけば、新しい遊び方を獲得できるかもしれない。わくわくしながら土曜の夜に家を出た私は、カラオケが始まってすぐに、自分の体力が産前に比べて格段に低下していたことを知った。まさに産卵を終えた鮭のような状態で明け方に帰宅して、日曜はほとんど眠って過ごした。かえって夫の負担を増やすことになり、この試みは大失敗に終わった。

出掛けるなら昼、という極々シンプルな結論を得て、娘が幼稚園の年中のときには、とうとう同期との日帰り旅行を達成した。二〇一六年の十一月のことだ。行き先は、滋賀。石田三成の魅力を私に伝えた和田が、「滋賀県の石田町で催される石田三成祭に行きたい！」と計画を立てたのだった。この二年前に、和田は子どもをもう一人出産していて、諸々の事情から、第二子は一緒に行くことが決まっていた。歴史には興味がないはずの橋本も、参加を表明。さすがは便乗派だ。十一月某日の午前七時、私たち四人は東京駅に集合し、下りの東海道新幹線に乗り込んだ。

米原駅で降りると、私たちはまず佐和山に向かった。石田三成が改修したとされている、佐和山城が建っていた山だ。実は和田は、自身の新婚旅行でも滋賀を訪れていて、妊娠中だったために佐和山に登れなかったことをずっと残念がっていた。彼女の下調べによると、頂上まではハイキングコースを利用して、約三十分。「これなら二歳児をおんぶして行けると思う」と和田は言った。

ところが、実際に登り始めてみると、道は細く険しく不安定で、傾斜も急だった。二歳児を背負った和田が転ばないよう、私と橋本で彼女を挟みながら、慎重に前に進んだ。何度か引き返す話も出たけれど、約三十分というフレーズが脳みそにこびりついていて、この難所さえ越えれば、という甘やかな見込みをいつまでも捨てられなかった。結局、頂上に着くまでに一時間弱かかった。下りはもっと怖かった。子どもと登る山ではないことを誰かが喧伝すべき、と和田が言っていたのを思い出したので、ここに書いておく。

佐和山は、子どもを背負って登るところではありません。

そのあと赴いた石田三成祭は地元のお祭りといった趣きで、懐かしい気持ちになった。長浜の旧市街にも少しだけ寄り、黒壁スクエアを散策して、午後八時に東京駅に着く新幹線で帰った。

自宅に到着すると、夫と娘はすでに眠っていた。ダイニングテーブルには夫が焼いたクッキーと、私に宛てた娘からの手紙が置かれていた。

「おかあさんへ　さがけんげんきでね　げんきだよ　おかあさんもたのしくしてね」

滋賀と佐賀を混同しながらも、旅先の私を案じ、自分の元気を伝えてくれたのだろう。これを読む母はすでに家に着いているという視点がないのが可愛い。なにより、最後の一文が最高だ。

娘が大きくなるにつれて、私自身の交友関係も広がっていった。公園や幼稚園で知り合った、娘と同年代の子を持つお母さんたち。そう、ママ友だ。近年、怖いとか面倒くさいというイメージがつきまとっているからか、自分は大丈夫ですよ、と示すように、私の周りのお母さんたちは、距離感や話題に気を遣う人ばかりだった。子どもを連れて互いの家を行き来したり、一緒に県外へ出掛けたりするママ友もできた。

卒園式の日、私はクラス委員を務めていた関係で、娘のクラスメイトとその保護者の前で挨拶をすることになった。そこでつい、「自分が学校にいい思い出がないので、娘を入園させるときも地獄に送り出すような気持ちでした」と述べてしまい、教室を静まり返らせた。中学一年生のときの「生まれ変わったら悪魔になりたい」事件から、自分の精神が一ミリも成長していないことに死にたくなる。でも、そんなことがあっても、ママ友たちは相変わらず私に優しい。友だちの友だちとして出会った人とも、同年代の子どもがいたことで急速に仲良くなった。彼女の家に娘と共に泊まりに行き、子どもたちが寝静まったあとに二人で夜通し喋ったことがある。育児だけでなく、自身の生育環境や仕事のことなど、話は尽きなかった。それに、地元の友だちともまだ繋がっている。

私の人生は、今が一番、遊ぶことに忙しい。友人関係は変わらなかったどころか、濃くなったり広がったりして、だからあの予感は半分が当たり、半分が外れた。

外れてよかったと心から思う。

このエッセイの連載中だった二〇一八年十一月の日曜、夫と掃除をしていたら、矢田からＬＩＮＥが届いた。実はこれから橋本と山口と天丼を食べに行く約束をしていて、よかったら私も一緒にどうかと言う。夫に相談してみると、「行っておいでよ」

とのこと。急いで準備を済ませて家を出た。娘が小学生になったこのころから、遊ぶ母の背中を見ていろ！　の気持ちで私は予定を入れるようになった。結婚するもしないも子どもを産むも産まないも、当然娘が判断することで、彼女が自分のパートナーを献身的にサポートしたいと考えるなら、それに反対するのも変だと思っている。でも、親になったら遊べないとか、遊んではいけないという考えは、自分にも他人にも向けて欲しくない。娘には、社会を窮屈にすることに加担してもらいたくなかった。

目的の駅で電車を降りて店に向かっていると、矢田から電話がかかってきた。天丼屋がいつの間にかテイクアウトのみになっていたため、急遽、近くの川べりで食べることにしたと言う。幸いこの日は天気もよく、ちょっとしたピクニックをイメージしながら、私は指示されたとおりに道を進んだ。

そうして辿り着いたのは、川岸をコンクリートで固めただけの、緑のまったくない空間だった。幅は二メートル程度と狭く、おまけにビルの影が落ちていて、妙に薄暗い。あ、これはピクニックじゃない、と、私は頭の中にあったイメージを一瞬で削除した。隅のほうに、普段は釣り人が椅子代わりにしていると思われる、古びたビールケースが転がっていた。私たちはそれに新聞紙を敷いて天丼を並べると、しゃがみ込んで食事を始めた。

親になっても、三十代なかばになっても、川べりでビールケースを囲んで天丼を食べていい。私にはその自由がある。

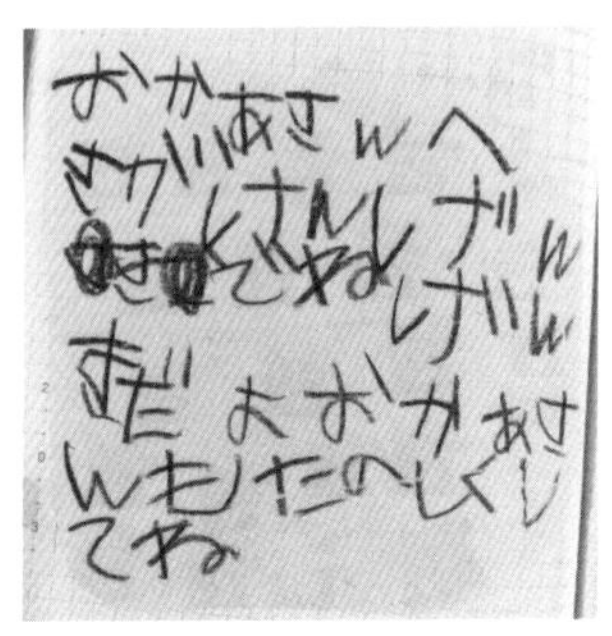

娘からの手紙（本人に掲載の許可をもらいました）。

甲冑を装着して嬉しそうな私と無表情の娘（こちらも本人に掲載の許可をもらいました）。

川べりでビールケースを囲み、同期と天丼を食べているところ。

10　岩手旅行の楽しさを綴る

三連休の中日に当たる、二〇一九年一月十三日の午前六時。私は上野駅のホームに立ち、一本の東北新幹線にスマートフォンのレンズを向けていた。これから、人生で初めての一人旅に出発する。目の前に停まっているのは、東京から北国まで私を運んでくれるはずの車体で、記録と「よろしくお願いします」の気持ちを込めて、写真を撮ろうと閃いたのだった。

ところが、出発時刻の五分前、「回送列車が発車いたします」のアナウンスが流れたかと思うと、その新幹線が動き始めた。誰一人客を乗せることのないまま、滑るようにホームを走り去っていく。

「違った……」

呆然と見送りながら、そういえば乗車予定のやまびこは、東京駅が始発だったことを思い出した。数分後にやって来たやまびこは、乗るときも降りるときもホームに停車している時間が短くて、結局、写真を撮れなかった。

私の性質は、実生活にあまり適していない。

このエッセイの三回目にも書いたとおり、私は手続きと数字に関することが苦手で、自宅の光熱費もろくに知らない。自分に掛けられている生命保険の種類や、住宅ローンをどこから借りて、あといくら残っているのかも分かっていない。正確には、夫から何度説明を受けてもすぐに忘れてしまう。住宅メーカーの方が契約関係の話のために我が家にやって来たとき、どうせ聞いても理解できないだろうと、私は夫に対応を任せて、部屋の隅で恋愛シミュレーションゲーム「ラブプラス」をプレイしていた。あのときは、挨拶もしたしお茶出しもしたから問題ないと、本気で思っていた。

旅とは手続きの連続だ。乗りものの切符や宿の予約に、場合によっては、観光施設の前売り券の手配。そのすべてに、時間と金額を意味する数字がついて回る。そういうものを同期に任せっぱなしにしてきた私が一人で旅に出たら、どうなるのだろう。ふとそんな疑問を覚えて、実行することにした。目的は、七回目のエッセイで「また遊びに行くつもりだ」と書いた、岩手県の三陸鉄道に乗ること。私の人となりをよく知る夫からは、「途中まで家族三人で行くのはどうかな。三陸鉄道だけ一人で乗ればいいいんじゃない？」と提案されたけれど、「それは一人旅ではない」と断った。

　今回の旅で私がもっとも気をつけなければならないのは、貴重品を置き忘れない、スマートフォンの充電を切らさない、ノートパソコンを壊さない、のみっつ。散々悩んだ挙げ句、私はノートパソコンをリュックサックに入れていくことを決めていた。行きも帰りも、二時間以上新幹線に乗る。そのあいだに仕事をすれば、未来の自分が喜ぶような気がしたのだ。

　やまびこが上野駅を発車して、コンビニで買っておいた朝食を食べ終えると、私はさっそくノートパソコンを取り出した。気分はさながら多忙を極めるビジネスマンだ！けれども、張り切って文字を入力すること一時間、私はキーボードからそっと指を離した。

　酔ったのだった。

　私は三半規管が弱くて、動いている車の中では本が読めない。でも、電車では読書ができるので、小説も書けるとばかり思っていた。

　この瞬間、ノートパソコンがただの重りになった事実を忘れたくて、私は窓の外に目を向けた。東京のビル群はすっかり後ろに流されて、あたりには冬枯れの田んぼが広がっている。

午前八時三十六分に一ノ関駅でやまびこを降りて、大船渡線で気仙沼駅に向かった。この先は、電車もバスも本数が減る。岩手県は、ＩＣ乗車券に対応していない駅と路線がほとんどで、何度も修正した計画の中には、十五分程度しか時間に余裕のない乗り換えも予定していた。一度間違えれば、その後が大幅に狂うこと必至だった。

気仙沼駅からは、大船渡線ＢＲＴに乗った。ＢＲＴとは、バス高速輸送システムのこと。東日本大震災によって甚大な被害を受けた鉄道に代わり、専用道を設けることで、バスの速達性や定時性を高めたものらしい。と、知ったようなことを書いたけれど、時刻表を調べることでキャパシティが限界に達していた私の頭は、線路がアスファルトに埋め立てられていること、どう見てもバスに見える乗りものがやって来たことに、はてなマークで埋め尽くされていた。

終点の盛駅までの約一時間、バスに乗った。大船渡線ＢＲＴは、専用道だけでなく、一般道も走行する。更地が広がる気仙沼の光景は衝撃的で、奇跡の一本松を目にしたときの気持ちもはっきり覚えているけれど、ここには書かない。震災の爪痕を描写することと、岩手旅行の楽しさを綴ることのどちらを選ぶか考えたときに、私は後者を取りたいと思った。このふたつは決して矛盾することではないけれど、乗るまで大船渡線ＢＲＴがバスであることを知らなかった私が震災を扱っても、おそらく付け焼き刃感が漂うだけだ。だから、代わりにこう書きたい。

大船渡線ＢＲＴ、楽しかった！

専用道の一部には、現在運休中の線路敷が活用されていて、まるでバスが線路の上を進んでいるような感覚を味わえる。乗りもの好きの子どもが乗ったら、混乱すること請け合いだ。専用道と一般道の行き来はスムーズで、海沿いも走るから、太平洋や港も見られる。とても面白かったので、「私、大船渡線ＢＲＴに乗ったんですよ！」と自慢して回りたい。

盛駅には午前十一時五十七分に到着した。次は、いよいよ三陸鉄道の南リアス線だ。ハンバーガー屋で昼食を済ませたのち、午後一時十七分発の電車に乗り込んだ。終点の釜石駅までの所要時間は、五十三分。車内の暖かさと揺れが心地よく、気を失いそうなほど眠かったけれど、ここで寝たら本物の馬鹿だ。気合いで両目を開き、外を眺めた。海岸線が入り組んでいるとはっきり分かるところ、なだらかに見えるところ。中学校の社会の授業で習って、墾田永年私財法くらいに一瞬で覚えたあのリアス式海岸（現在は「リアス海岸」とのこと）が、今、目の前に広がっている。昔から知っていた有名人に会えたみたいだった。

震災以来、ＪＲ山田線の釜石駅から宮古駅までは不通だったため、路線バスで移動した。道の駅やまだで一度乗り換え、計二時間ほどバスに揺られた。前述のとおり、私は車で長文が読めない。大船渡線ＢＲＴに続き、バスではひたすらに外を見ていた。思えば、子どもが一歳半のときにすばる文学賞を受賞して、この数年は、空いた時間はやりたいことを詰め込むか、意識的に休むか、そのどちらかだった。「〜しなくては」という焦りが常に頭にあった。でも今は、読書もゲームもインターネットもできない。これほど無為の時間が続くのは、久しぶりの経験だった。

宮古駅に着いたのは、四時四十九分。北リアス線の発車時刻まで一時間以上の時間があったので、近くのスーパーマーケットで休憩することにした。おにぎりと岩手県産の牛乳を胃に入れて店を出ると、外は真っ暗だった。これから北リアス線に乗ったところで、間違いなくなにも見えない。でも、三陸鉄道は制覇することに意味がある！今度は終点までの一時間三十九分、本を読んだり、３ＤＳのゲームをプレイしたりして過ごした。

八時ちょうどに久慈駅に到着した。朝五時過ぎから、すでに十五時間近く、バスと電車の乗り降りを繰り返している。三陸鉄道制覇という目的を果たしたこともあり、そろそろ休みたくて堪らない。ところが、明日の移動の負担を減らそうと、私は八戸駅前のビジネスホテルに予約を入れていた。これからさらに一時間四十二分、電車に乗る。私……なにしてるんだろう……そもそも別に電車好きっていうわけでもないんだよな……と、一瞬、誰も幸せにならないことに気づきかけたけれど、引き続き本とゲームに頼って、八戸線を乗り越えた。

ホテルにチェックインしたときには、十時を過ぎていた。ベッドに倒れ込みたいほどの疲れと、この私が一人で電車とバスを乗り継いで青森まで来られたという興奮が混ざり合って、妙な気分だった。一人で、と書いたけれど、実際にはいろんな方に乗り場や精算方法を尋ねまくったので、東北の方々の優しさあっての達成だ。それから、日本の交通機関の時間の正確さよ。すばらしい……。

シャワーを浴びてから、糊の利いたシーツに寝転んだ。一人きりのベッドがとにかく嬉しい。冬場の私は、子どもと猫に挟まれて寝ている。しかも、シングルサイズの布団に。年を取ってからこのときのことを夢に見て、起きしなにぐずぐず泣くんだろうなあ、と思っていても、左から娘の蹴りは飛んでくるわ、右の猫を押し潰さないよう注意は必要だわで、どうしたって眠りは浅い。今夜は泥のように眠るぞ、と意気込んで、私は目を閉じた。

期待どおりに深く眠れたからか、思っていたよりも早く目が覚めた。朝食を済ませてホテルをチェックアウトすると、私は八時五十三分発の青い森鉄道に乗車した。二日目は、盛岡駅周辺をふらふらするつもりだった。電車は途中、ＩＧＲいわて銀河鉄道線に切り替わり、メルヘンチックな名前だなあと気になっていた二路線に乗ることに成功した。いや、私は別に電車好きっていうわけではないのだけれど……。

宮沢賢治の『注文の多い料理店』を出版した光原社(こうげんしゃ)や、啄木新婚の家など、盛岡では五ヶ所の観光スポットを巡った。岩手銀行赤レンガ館を出たところで、そろそろ駅に戻ろうと思い、スマートフォンで地図を確認した。すると、想像していたよりも距離があった。路線バスを利用することも考えたけれど、私はバスが苦手だ。乗り場や経路や精算の仕方が複雑で、どこに連れて行かれるか分かったもんじゃないと思っている。下調べなしには乗れない。悩んだ結果、そのまま歩いて駅に向かうことにした。

これが誤判断だった。

昨日は乗りものに揺られているか、どこかに座って乗りものを待っているかだったからすっかり忘れていたけれど、私のリュックサックは重い。なぜなら、ノートパソコンの形をした重りが入っているからだ。肩と腰に感じていた痛みはいつの間にか気持ち悪さに変わり、足がふらつき始めた。未来の自分が喜ぶだろうとパソコンを持っていくことを決めた私に、「むしろ苦しんでますけど」と、何度も怨念を送った。

光原社の喫茶店を出てから駅前のそば屋に入るまで、結局、三時間近く歩いたことになる。名物のわんこそばに挑戦したい気持ちはあったものの、疲れた身体には上天もりそばのほうが魅力的で、私は己の欲望に従った。注文した品を待ちながら、こういうときにわんこそばを選ばないから、私の小説はつまらない……のか？　と、しばし落ち込んだけれど、美味しいそばと天ぷらを食べているうちにどうでもよくなった。ことに揚げたての天ぷらは偉大だ。

帰りの新幹線は、午後四時十六分発のはやぶさにした。ノートパソコンを重りから仕事道具に戻すべく、気分が悪くなるまでの一時間でもいいから小説を書こうと心に決めて、私は車両に乗り込んだ。ところが、私の座席は三列席の窓側で、通路側と真ん中の席にはすでに二人の男性が座っていた。上の棚は、二人の荷物でいっぱいだ。二人は「載せますよね？」と訊いてくれたけれど、反射的に「大丈夫です！」と答えてしまい、上野駅までの約二時間、リュックサックを目の前のテーブルに置くことになった。当然、ノートパソコンの出番はなかった。

上野駅が近づいてきて降りる準備をしていると、隣の二人組は私が通りやすいように席を立ってくれた。彼らは終点の東京駅まで行くようだ。「すみません」と頭を下げつつ通路に出て、私はデッキの方向に足を向けた。そのときだった。真ん中に座っていた彼が、「スマホ忘れてますよ！」と声を上げた。

貴重品を置き忘れないという目標をぎりぎり達成したところで、この旅の話はおしまい。

国内旅行で、しかも関東・東北間と移動距離は大して長くなく、新幹線も使っている。出張の多い仕事に就いている人や、海外にふらっと出掛けられる人もいることを考えると、ままごとみたいな旅だったのかもしれない。大学生ならともかく、私は三十半ばを過ぎていて、旅の最中にスマートフォンで調べものをすることも、誰かと連絡を取ることもできた。スリルもなければ、リスクもない。たぶん一般的には、超イージーモードの一人旅だった。

それでも私はこの岩手旅行から帰ってきたあと、自分の中身が少しだけ変わったような気がした。今までの私は、「一人旅をしたことがなかった自分」で、これからの私は、「一人旅を経験した自分」だ。駅に貼られているいろんな街のポスターを見ては、ここにもここにも、行こうと思えば私一人で行ける、と思った。またわずかに日本が狭くなったように感じた。

引っ越すことは、人生のリセットボタンを強制的に押されることだと思っていた。

でも、そのボタンを押していたのは、実は私自身だったのかもしれない。もちろん、子ども時代の私が使えるお金や時間は今と比べものにならないほど乏しくて、あの街に住む友だちに会いに行こうと、簡単に決められなかったことは分かっている。でも、どうせ一時的なものだと思いながら過ごしていた学校生活に、せっかくかつてのクラスメイトから送られてきたのに返さなかった手紙。そういえば、前に暮らしていた街に遊びに行きたいと親に頼んだことも一度もない。悲劇のヒロインぶっているあいだに、きっと、もっとなんとかできたのに。一人旅を経て、ますますそう考えるようになった。

今の私の声が届けられるとしても、昔の自分を元気づけるような言葉はやっぱり口にできない。つまらない思い込みに縛られて、せいぜい小さく、不自由に生きていろよ、と思う。耳元で「私、一人旅したよ！」と叫んで、なんで？　と怯えさせたいくらいだ。ああ、この先もしつこく自分の楽しい経験を伝えて、あの子を混乱させたい。

この復讐は、もはや命が絶えるまでの一大プロジェクトだと思っている。

大船渡線BRT。

上野駅で撮影した新幹線。乗るつもりでいたのに回送だった、例の奴。

私が乗った南リアス線の車両。2019年3月23日より、三陸鉄道は盛駅から久慈駅まで繋がる一本のリアス線になりました。と、なんでもないふうに書いたけれど、私がこのことを知ったのは宮古駅で、2ヶ月後に来ればこんなに乗り換えなくてよかったのか!? と愕然とした。

記録魔の青春を
駆け抜ける

12月25日　土曜日

今日、わたしは、サンタにもらったパズルをしました。セーラームーンのパズルでした。2つもらったんだけど、どっちとも、三百ピースです。最初にやったほうは、とてもおもしろかったです。お母さんとお父さんに手伝ってもらいました。もう一つのほうは、すっごーくむずかしかったです。

ほかに、セーラームーンのゲームもありました。おもしろかったです。ばんけんガオガオのゲームで、すごーくこわかったです。いきなりとびかかってくるからです。

なわとびは、4きゅうでした。もう少しがんばっていきたいです。それと、二じゅうとびをとべるようにれん習して、うしろ二じゅうとびや、はやぶさにも、ちょうせんしてみたいです。

残っている日記の中で一番古かったのは、一九九三年、私が小学四年生の冬休みにつけていたものだった。これは、その一日目。私は小学六年生までサンタクロースを信じていたので、この「サンタ」は、本物のサンタクロースを頭に思い浮かべながら書いたものということになる。

十六日ぶんの日記を読み返して、真っ先に思ったのは、きらっと光る表現がひとつもないな！　ということだった。なにかこう……もう少し嬉しい発見があるような気がしていた。ほら、才能の片鱗っていうんですか？　そういうのが見え隠れしちゃってるんじゃないかなー、と。なにか具体的な実績があるかと問われると、満面の笑みを浮かべて胸の前でバツ印を作るしかないけれど、それでも私は作家だ。私は今、文章を書いて収入を得ている。小学一年生のときに初めて原稿用紙を前にしたときから、言葉を綴ることは好きだった。

でも、この日記ノートに特別なきらめきはない。というより、当たり障りのない事実の羅列と、「おもしろかった」「むずかしかった」「こわかった」のような単純な感想ばかりで、読んでいてつまらない。

そもそも私が日記をつけるようになったのは、母の勧めによるものだった。作文の練習になるからと、母は私と妹弟に、長期休み中は日記を書くことを求めた。なかば強制だったとはいえ、特に嫌ではなかったから、記録魔の気質のようなものは、すでに私の中にあったのだと思う。家庭内の課題だったにもかかわらず、日記ノートは担任の先生に提出することに決まっていて、今考えると、勝手に先生の仕事を増やして申し訳ない限りだ。でも、先生に読んでもらうことも、私のやる気に繋がっていた。

そう、これは人に見せることを前提とした日記だったのだ。内容がつまらない理由は、たぶんここにある。私は知っている。縄跳びに触れた後半の三行は、先生に褒められたくて書いたものだということを。縄跳びに対して前向きな気持ちを抱いたことなど、私の人生には一秒もない。なにせ、先日も大人用の縄跳びを購入し、娘の練習に付き合っていた夫に「一緒にやろうよ」と誘われて、「私は大人になった幸せのひとつに、縄跳びと長距離走をやらなくていいことがあると思っている。二度と誘わないで欲しい」と断ったばかりなのだ。

私が作文を得意に感じていたのは、文章を書くのが好きだったこともあるけれど、教師に評価されるポイントがなんとなく理解できたというのも大きいような気がする。中学生か高校生のとき、クラスメイトの一人が友だちに、「読書感想文の本、これにしようと思ってるんだ」と話しているのを見かけて、度肝を抜かれたことがある。彼女が手にしていたのは、芸能人の自伝本だった。本には読書感想文に向いているものと、そうではないものがある。主人公が成長するような、ラストに希望の光が差し込むような、そういう物語を選ぶことが、読書感想文攻略の第一歩。先生の言う、「自分の好きな本でいいよ」は方便だと見抜いた気になっていた私にとって、彼女の選択はとても衝撃的で、ものすごく眩しかった。

人に見せない日記を初めて書いたのは、おそらく中学一年生のときだ。一九九六年の四月七日から五月三十一日まで、手のひらほどの小さなノートにつけていた。岐阜から群馬に引っ越した直後だったから、学校に馴染めない苦痛から嫌いなクラスメイトの名前まで、つぶさに書かれている。読み返すと、これだよ！　これこそが日記だよ！　と身体に大きめの震えが走る。

4月22日　月曜日

ＶＪ６月号かく得!!　でも、プレステばっか。はー。でもぜいたくはいかん（笑）。部活は科学部にします。明日は1時間目から体育。知力テスト（頭脳テスト？）があるし、授業さんかん日。まったく……もうｉｙａ（？）ー!!

これは、当時の愛読書だった「Vジャンプ」というゲーム雑誌に、自分の持っていなかったプレイステーションのゲームばかりが取り上げられていて、嘆いているところだ。でも、「ぜいたくはいかん（笑）」の意味は分からない。特に、「（笑）」。覚えたばかりで使ってみたかったのかな、としか思えない唐突さ。「もう嫌」の、「嫌」をアルファベット表記にした理由も不明で、というか、この三字にすら自信がなく、わざわざ「（？・）」をつけたことに、今後、英語で苦労する予兆をびんびんに感じる。

この日記の記述どおり、私は科学部に入った。科学部は、理科室のアルコールランプでザラメ糖を溶かしてべっこう飴を作り、戯れにペットボトルロケットを飛ばしているだけのよく分からない部活で、そのよく分からない感じが生徒を遠ざけるのか、二百人近い一年生が入学した中、新入部員はしばらく私一人だった。二、三年生の先輩は、不良っぽい幽霊部員と、漫画やゲームに詳しいオタクで構成されていた。後者に一人、顔がとても整った男の先輩がいて、彼目当てに私が入部したと思ったらしい不良ふうの先輩から、「なんでうちに入ったんだよ」と非常階段に呼び出されたことがある。あのとき私は、「科学が好きだから」と震え声で答えた。でも、半分は嘘だ。先輩、私はべっこう飴を目当てに科学部に入りました！

4月25日　木曜日

いい図書館！　今日は3時間で、超HAPP♩　モスバーガーにもいったっぴ♡
でーもー、明日はー……?!　①体育がある　②6時間　③部活がある　④いやな教科がびっしり　⑤荷物が重い　でもね、明日いったら2連休♡　ファイトー！

「今日は3時間」というのは、時間割のことだろう。この日は学校が早く終わり、親に図書館へ連れて行ってもらったらしい。確かに私はこの街の市立図書館が好きで、夏休みには昼食代の五百円を親からもらい、朝から夕方まで本を読んで過ごしていた。
やっと作家っぽい一面が掘り出せて、ほっとしている。
HAPPYの綴りが間違っていることに対しては、ほら、英語できないって言ったじゃん！　と、開き直りの気持ちしかない。だから、全然恥ずかしくありません。「いったっぴ♡」については触れない。触れたくない。

5月20日　月曜日

部活でカルメ焼き！　じっぱーい……。でも明日はVJ発売日♩ルン♩ルン　〝あくまになりたい〟っておかしいかな……。あくまは人にしれんをあたえて強くしてるんじゃないかなー。

科学部とは？　と改めて疑念が湧いてくる。本当に、お菓子ばかり作っていた部活だった。「じっぱーい」は失敗の意。なぜこんなアレンジを施したのかは知らない。「♪ルン♪ルン」もシンプルに気に障る。そして、またしても登場したのが「Vジャンプ」。毎月二十一日の発売日を指折り数えていたことが窺える。特にこのころはまだ友だちが一人もいなかったから、大袈裟ではなく、「Vジャンプ」は心の支えだった。バックナンバーを何度も何度も読み返していた。

二〇一三年に私が受賞したすばる文学賞は、集英社主催の公募新人文学賞だ。年に一、二度、打ち合わせなどで集英社に伺う機会があり、私はそのたびに、自分が「Vジャンプ」編集部の近くにいることに興奮する。今はもうゲームから遠ざかってしまって、年に一本、プレイするかどうかといった感じだけれど、私にとって、集英社は永遠に「Vジャンプ」の版元だ。

「〝あくまになりたい〟ってておかしいかな」以下の文章は、例のあの事件のことを書いている。はっきり言うまでもなくおかしいよ、カルメ焼き以上にその発言、じっぱーいしてるよ！　と伝えたいので、誰かタイムマシンを貸してください。

この後、愛知に引っ越して、中学二年から卒業まで通った中学校では、「学習・生活日記」が配られていた。これは、翌日の予定や持ちもの、時間割などをメモするためのノートで、日記を書く欄もあり、ここを通じて担任の先生とやり取りするのが生徒全員の日課となっていた。二年生のときのノートは処分したらしく見つからなかったけれど、翌年の一九九八年に使われていたものは発見した。ちょっと開いてみる。

6月13日　土曜日

数学の完全問題集（略して全集）が全然分からない&進まない‼　青い空のバッキャローーッ！

9月9日　水曜日

筆箱を忘れてしまった。すし食いねえって感じでした。

12月4日　金曜日

返ってきたテストを見て気を失いかけた。

三年時の担任が大らかな国語の先生で、この人はなにを書いても怒らないだろうと、かなり好き放題にやっていることが伝わってくる。擬音を叫んでいるだけの日もあり、日記の三割はまったくの意味不明だ。イラストも描きまくり。こんな内容でも、先生は三者面談のときに、「奥田さんの日記はエッセイみたいで面白い」と言ってくれた。文章を書くような仕事に就いたらどうかと示唆されたような記憶もある。

1月4日　月曜日

タイタニックを見た（ビデオで）。別に泣けなかった。

1月6日　水曜日

成長痛なのか、夜、足がすっごく痛くて、ある意味タイタニックよりも泣けた。

1月25日　月曜日

私の家は金持ちなので万札しかなくて（ウソ）、十円玉を忘れてしまいました（真実）。明日は忘れないようにしたいです。

まあ、日記の中には、こんなふうに面白く書きたいという意思がダダ漏れているものも少なくなくて、もしかしたら先生は、私の文章を認めざるを得なかったのかもしれない。もし褒められなかったらこの子の自意識はどうなっちゃうんだろうと、自分でもそこはかとない不安を覚える。つまり、教師の務めとして、生徒が張り切っていることを応援した。それだけのこと。でも、あのころの私が先生の言葉に舞い上がったのは事実で、今でも思い返すと嬉しい気持ちになるから、もう嘘でも本当でも構わない。どちらでも同じだ。

高校時代の日記だけが、どうしても見つけられなかった。某漫画家のファンサイトをきっかけにインターネットの海に頭まで沈んだ私は、二年生のときに自分のイラストサイトが欲しくなり、キリ番やら足あと帳やら相互リンクやら、あのころの流行りを全部乗せしたホームページをタグ打ちで作成した。その中に、日記というメニューもあったはずだ。でも、開設から数年が経ち、私が自分のサイトに飽きて放置しているあいだに、そのウェブ日記サービスも終了していた。ログも残っていない。どうせなら、「(爆)」「(爆死)」「(核爆)」をやたらに語尾につけていた記憶も併せて消えて欲しかった、と心から思う。

二〇〇二年に大学に入ってからは、また誰にも見せない日記を、今度は手帳につけるようになった。小中高生のころは同じような日々の連続だったから、予定を管理する意味がなかった。けれども大学は、履修届の提出日も教科書が売られる日も、自分で把握しておかなければならない。八月に回転寿司屋でアルバイトを始めて以降は、そのシフトを書き留めておく必要性も生まれた。私にとって手帳は、肌身離さず持ち歩くものだった。大教室で行われる授業なら、そのあいだにこっそり日記を書いていてもまずバレなくて、だから卒業するまで続いたのだと思う。

8月24日　土曜日

バイトで大泣きした。いっぱい不安。イライラする。仕事に関する不安。なんでみんなみたいにうまくできないんだろう。泣かなきゃよかった。本当に……私の仕事っぷりは大丈夫なのかな。いつかはきっちりできるって思ってたけど、そんな日来ない気がする。人間関係の不安。ちょっとしたことで嫌われてるんじゃないかと不安になる。彼氏に会いたい。ほかの人の恋愛にしっとしてる自分にイライラする。本当につらい。

10月6日　日曜日

自分の常にちやほやされたがる性格に、ほかの人にしっとする性格に嫌気がさして死にそうだよ。なんで人の幸せとかいわったり、かわいい子を素直に褒められないんだろう。かわいくないのは分かってるのに、自分が中心にならないと気がすまない自分が嫌い。吐きそう。

10月30日　水曜日

友だちからは嫌がられていること確信だし、私は産まれてきてはいけない存在で、本当は誰にも愛されていないんじゃないかと思った。むしろ一人がいい。誰かと関わるのも嫌だ。でもどこかで不幸を望み、被害者ぶってる自分が嫌い。死にたいのか生きたいのかも分からんよ。

暗い。「いったっぴ♡」を目にしたときも相当辛かったけれど、また別のタイプの辛さがある。大学一年生のころの日記は、概ねこんな感じだ。自分は心の晴れやかな日が年間三十日もない人間だと分かっていたつもりだけれど、この時期の荒れっぷりには、読んでいるあいだじゅう、チベットスナギツネみたいな表情になる。あの人に嫌われているような気がすると不安がっているか、些細なことで友だちを妬み、ひどい態度を取っては自分に落ち込んでいるか。あー、仲良くなりたくないタイプ!!
あとは、現在の夫であるところの恋人との遠距離恋愛が、ものすごく苦しかったようだ。

10月7日　月曜日
彼氏と1時間ほど電話した。自分に対する嫌な気持ちをぶちまけて少し泣いた。もっと大事にしなきゃと思う。永遠に愛されていたいと思っちゃうよ。

5月13日　火曜日
3限は最悪でした。友だちの恋バナが聞きたくて聞けなくて。学食飛び出したこともあったし。二人ともごめんね。でもホント、今は遠恋に対してつらい気持ちばっかりです。彼氏が電話してくれて助かりました。その後はそれなりに落ち着いたけど……。やっぱ不安定かな。安定して近距離恋愛をフッーに応援できる気持ちになりたいと思えないのは私がひねくれているのかな。きっと遠恋に対するひがみ根性とか、被害妄想が大きいんだろうな。本当最悪な人間。

4月16日　金曜日

彼氏と1ヶ月半ぶりに会いました。明日仕事入っちゃったとかで今日だけになりました。くっついてるとこれ以上ない安心を感じる。本当に大切で必要な人。私にはこれ以上ないってくらい素敵な人に見えるよ。いつまでも彼氏のままで私の側にいて欲しい。

二〇〇二年、二〇〇三年、二〇〇四年の手帳から、それぞれ一日ずつ抜粋してみた。キーボードで打ち込みながら、口から砂糖が出てくるかと思った。恋人のこと、大好きだったんだな……。「永遠に愛されていたいと思っちゃうよ」か……。すごいな……。学食を飛び出しちゃうような私といまだに友だちでいてくれる彼女たちの心の広さも、本当にすごいな……。

遠距離恋愛ブログを始めたのも、確か大学二年生のときだ。この辛さを分かり合える人に会いたい。そんな動機だったように思う。ついでに、自分のことをまったく知らない相手に文章を読んでもらう面白さにも両目がかっぴらいた。恋愛カテゴリーに登録して、その中で順位が上がるようせっせと更新して……いない！ そんなことやっていないよ！ この恋愛ブログも気がつくとページが完全に消滅していたので、これ幸いと嘘を吐きたい。

大学三年生になると、日記の雰囲気もだいぶ明るくなった。就職活動中はやっぱり気持ちが塞いでいるけれど、やがて入社し、同期と知り合うことになる企業にエントリーした日や、内定をもらった日が見つかると嬉しい。小説も、月に十冊弱は読んでいたようだ。衝動買いした漫画の感想や、そのときプレイしていたゲームのタイトルもばっちり残っている。

そういえば、中学三年生のときの「学習・生活日記」には、ラジオで初めて投稿したハガキが読まれた日のことが書かれていた。二〇一八年にも、好きなラジオ番組で二回ほどメールが取り上げられて、一人でにやにやした。本を読むこと、ゲームをすること、イラストを描くこと、ラジオを聴くこと。自分の趣味が二十年以上ほとんど変わっていないことに改めて驚く。同期が広い世界に連れ出してくれたことは、私にとって、本当に大きな経験だったのだ。

恋愛の話だけでなく、もっと日常的なことも綴りたいと新しくブログを始めたのは、大学四年生の六月だった。読んだ人が笑えるような文章を書く、というのが目標で、自分のエッセイの源流を辿ったら、ここに行き着くような気がしている。言葉遣いが丁寧だなあと思っていた恋人が、ソースを「おソース」と呼んでびっくりしたこと。ロングヘアにパーマをかけても誰にも気づかれなくて、こりゃあお金を払って寝癖をつけたようなものだな、と遠くを見つめたこと。大半の人間が自分自身のことを、「強そうに見えるけど本当は傷つきやすい」と感じているのではないかと考えたこと。

改行やフォントの大きさでリズムを作るのも楽しくて、社会に出る二〇〇六年三月三十一日までに、二百七十三件の記事をアップした。ほぼ一日一件のペースだ。秋には招待制SNSのmixiにも登録して、そこにもときどき雑文を投稿していた。それから、手帳につけていた日記。この時期の私は、熱に浮かされたように自分のことを文章に変えている。今の私が一ヶ月に書ける原稿用紙の枚数を、たぶん、あのころの私は軽く上回っている。

二〇〇六年四月に就職してからは、日記を書くのに最適な授業という環境を失って、手帳には予定のみが記されるようになった。前述のブログとｍｉｘｉは折に触れて更新していて、「愉快な青春が最高の復讐！」の連載時には、このあたりの記事が役に立った。誰かに読まれるために書いたものだったから、事実がそこそこ整頓されていたことにも助けられた。

二〇〇七年三月に仕事を辞めて、なんのかんのと九月に結婚することが決まり、式の六日前から、小さなノートにまた日記をつけるようになった。入籍前後はこんなことを考えていたんだよ、と、老後に夫に見せたら面白いような気がして始めたのに、だらだら短い文章を書くのが楽しくなってきて、結局、翌年の八月六日まで続けた。

9月23日　日曜日

結婚式、いいもんだった。あの結婚式場あつい！　おにぎりの恩と恨みは一生忘れまい……。

これは、緊張して朝ごはんが食べられず、空腹で気持ち悪くなった私のために急遽式場の方がおにぎりを作ってくれた恩と、招待客の控え室にて、「新婦さんはただいまおにぎりを食べていらっしゃいます！　もう少々お待ちください！」とアナウンスされた恨みのことを書いている。

9月28日　金曜日
会社帰りの夫とお台場まで真夜中のランデブーをする。途中お菓子を2袋も食べてしまう。これぞ乱デブー。

11月26日　月曜日
晩ごはんにカブを煮たらとろけるうまさ。カブブーム（略してカブーム）とうらいの予感。

2月17日　日曜日
本当に1日ねていたと言える。むしろ後半はどれだけねむれるかの勝負だった。

このノートを夫に見せる気力は、もう残っていない。読まれても害はないけれど、読んでもらう価値や意味がなさすぎる。「カブーム」という言葉もこれっきり使っていない。「乱デブー」は……まだときどき使ってるな。

二〇〇八年ごろから、ブログの更新頻度ががくっと減った。大学時代のように日記を手帳につける形に戻ったのは、二〇〇九年の十一月。この一ヶ月前の誕生日に夫から万年筆をもらった私は、これを毎日使うため、また日記を書くことにしたのだった。

この手帳から、私は小説についてあれこれ考えたことを記しておくようになった。話が出来上がるまでの気持ちの動きや、自分がどの段階で辛くなり、どういうときに喜びを感じるのかを把握することが目的だった。二〇〇七年、仕事を辞めた直後に書いてみようとふと思い立ち、その年の九月に初めて小説を投稿してから、丸二年が経っていた。読む本の量も増えて、いつしか私は作家になりたいと願うようになっていた。

12月17日　木曜日

夜中に進めた。今日は主に昔書いた部分の変更。一文加えるだけで話の流れを変えられるって、小説って改めて全部の文が作ってるものなんだと思った。目と頭が冴えてその後眠れず。

1月28日　木曜日

1時間半くらい昨日の直しの続きをした。書いているときにひねり出して少し微妙かもと思っていたところはやっぱり読み返してもしっくりこない。もっとさらっとこれという文を書かなければ。

8月26日　木曜日

もう無理かもと思いつつとりくんだけれど、一晩経ったのがよかったのか、なんとかなりそうな気がしてきた。結局いろいろ考えたけれど、始めに予定していたこととそれほど変わらない感じになりそう。でも、このいろいろ考えても結局というのが大事だし大きい気がした。

このときの日記は一年でなんとなく終わりにして、二〇一一年の五月にふたたび始めたのは、妊娠が判明したからだ。お腹に子どもがいると分かったと同時に、生まれるまでの身体の変化を全部書き留めてやる！　と思った。記録魔として、最高に血湧き肉躍る瞬間だった。

5月30日　月曜日

初産婦人科受診。9㎜の胎嚢確認。心拍はまだ分からず。今、4～5週目とのこと。

7月24日　日曜日

最近頻尿だなとは思っていたけど、今日は特につらかった。あと貧血で2度ほどすわりこんだ。鉄分たりてないのか……。

10月28日　金曜日

最近夢見が悪い。はっきりとした夢を見る。妊娠の影響なのか？　眠りが浅いのか？

12月27日　火曜日

今日は少しの張りと軽い痛みと、なにより全身がだるくてだめだめだった。よくねた。胎動は激しいというより動きが大きい。骨痛い。

こうなると、二〇一二年一月に娘が生まれたあとは、当然、育児日記にハッスルすることになる。出産翌日、足もとがふらついてトイレへ行くのもやっとの状態で書いた日記が、約六百五十字。大ハッスルだ。そんなことより休みなさいよ、と今となっては思うけれど、最高の観察対象を手に入れた記録魔のペンは止まらない。授乳した時間、排便排尿が確認された時間、沐浴した時間、昼寝の時間、離乳食が始まってからは食事のメニューと、その日の娘の様子。すべて書きました。初めてズリバイした日？　つかまり立ちに成功した日？　歩いた日？　もちろん特定できます！　娘がプレイジムの飾りを引っ張って曲を鳴らした日に、ヨークシャーテリアに黄色い声を上げて近づいた日、シロクマとライオンのフィギュアを抱き合わせていた日だって分かります！

娘のこと以外にも、自分自身の心境は綴っていた。

5月11日　金曜日

なぜか家にいたくない気分で、スーパーまで散歩。帰る途中から娘が盛大にぐずりだし、家についてからもぎゃんぎゃん泣くので、今度は抱っこ紐に入れて別のスーパーまで散歩。ほとほと疲れたけれど、夜に娘が寝返りしたのを見てふきとんだ。

10月12日　金曜日

娘が寝てから夫が誕生日の前夜祭をしてくれた。プレゼントをもらったあと、例の娘の眠りの浅い時間帯がきて、ずっと背中をさすっていないといけないのが一日数回、もう2ヶ月近く続いているのに疲れて疲れて、叫んで号泣してしまった。娘には申し訳ないけれど、でもそのほかのいろんなこともつみかさなっていてもう無理だと思った。

育児の喜びと苦しみ。どちらを思い出しても、胸の奥をつねられたような気持ちになる。娘はとにかく眠りの浅い子どもで、昼寝の習慣は早々に卒業。夜中に目を覚ましてぐずる彼女をもう一度寝かしつける日々は、四年近く続いた。その後、ぐずらなくなってからも、小学生になるまで娘がぶっ通しで寝てくれることはほとんどなく、これが結構きつかった。娘が大きくなって興味を持ったら、この育児日記をあげるのもいいかな、と考えていたはずなのに、気がつくと愚痴や弱音も普通に書いていた。誕生日前日の日記は、ほんの序章。娘にはとても見せられない記録になってしまったことが悔しい。

妊娠が分かったあとも、投稿用の小説はちまちま書いていた。出産の前後はさすがに休み、再開したのが、二〇一二年二月。娘が生後一ヶ月のときだ。てっきり半年を越えてからまた書き始めたような気がしていたので、日記を読み返して驚いた。

2月20日　月曜日

久しぶりに小説に着手。急にまた書きたいと思ったことにびっくり。書きかけのものを進めていくことに。悩んでいた登場人物の設定も当初の感じでいくことにした。この先の展開はまだざっくりとしか見えていないので不安も大きいけど。4月中には完成させたいな。

子どもが生まれたら自分の夢はどうでもよくなるらしいと、ずっと前に人から聞いた話が、出産したすぐあとから頭の中に渦巻いていた。自分が作家になれる可能性をいまいち信じ切れていなかった私は、自然に諦められるのなら、それがハッピーエンドかもしれないな、と、ぼんやり考えていて、でも、そんなふうには全然ならなかった。親になっても、私はやっぱり小説が書きたかった。プロになりたかった。だったらまあ、やるしかないよなあと思った。

9月10日　月曜日

冒頭から修正をしてみた。直しはちくいち入れていたつもりだったけれど、結構修正を入れた。長編はやはりときどき読み返さないといろんなことをぼろぼろと忘れていっているなあと思った。

3月23日　土曜日

夜の散歩をして次の小説の構成を練ろうとしたが、あまり進まなかった。書きたい方向性は少し見えたが、自分にその技量はあるのか。

6月4日　火曜日

新しいものに着手。今までと違う雰囲気を目指すが、癖が邪魔をする。ツイッターで小説に関するコンプレックスを刺激されまくって吐きそう。

二〇一二年九月、私はTwitterを始めた。自分のことを知らない人に文章を読んでもらいたい欲望は、こんなふうに私をたびたびSNSに駆り立てる。このアカウントで、自分と同じように小説を書いている人たちと少しずつ交流するようになった。私は長らく小説は一人で書くものだと信じ込んでいて、同志と関わることを積極的に拒んでいた。でも、このこだわりがいい結果に繋がることもなく、あ、これって無駄なのかも！　と、あるとき突然ぴんときたのだ。私が小さなこだわりをひとつ反故にしているあいだに、外では数年の歳月が流れていることがよくある。まだいっぱいあるんだよなあ、自分だけの謎ルール。寿命が尽きるまでにあといくつ捨てられるか、ちょっと心配だ。

二〇一三年七月、すばる編集部から電話がかかってきて、「最終選考の候補に残っています」と告げられた。間もなく一歳半になろうとする娘が、近所の公園にある鳥や魚の絵にキスして回っていた日の夜だった。

そして、一ヶ月半後。

9月5日　木曜日

いよいよすばる文学賞の発表の日。朝からずっと胃が痛かった。娘のお風呂を早めにすませて夜、6時半。受賞の連絡をもらった。聞いた瞬間に力が抜けた。夫に電話したら出てくれて、ワインやつまみとともにすぐ帰宅してくれた。夜にはもうネットのニュースに上がっていて、フォロワーさんからもメッセージをもらってびっくりした。まだスタートに立っただけ、とは思いつつも、とりあえずほっとして、なんかもう……変な感じだ。

日記をつけていると話すと、「すごいね」と褒められることがある。『土佐日記』や『更級日記』のような日記文学の影響なのか、それとも学校の宿題になることもあるからなのか、日記にはほのかに勉強の匂いが漂っているようだ。なんとなくよきものとして捉えられているんだなあ、と感じる。読書によく似た立ち位置かもしれない。真面目な人がやること、みたいな。

約二十年ぶんの日記に目を通して、少なくとも私の場合はまったくよきものではなかったことを確信した。誰にも見せない日記は、ときに愚痴の吐き出し場で、ときに閻魔帳だ。文法や漢字の間違いはしょっちゅうで、小学校で習うような漢字も平気で平仮名で書いている。字も汚い。記録としてもかなり不便。紙に書いたものは検索できないから、「あれ、いつのことだっけ?」という疑問に対応しづらい。我が家にウーパールーパーが来た日を知りたかったのに、どの手帳を当たればいいのかも見当がつかなくて、長らく保留にしていた。今回まとめて読み返して、やっと判明した。二〇一三年八月三十一日だ。パソコンやウェブ日記サービスを利用すれば探しやすくはなるけれど、そういうものはいつまで残るか分からない。

なにより日記を振り返ると、記憶補正が無効化される。これが辛かった。大学一年生のころの自分が、あんなに不安定な生きものだったとは……。自分のことをあまり好きではない私でも、己の正当性を高めずにはいられなかったらしい。記憶の中の私は、いつだってもう少しまともだった。あんな人間だったこと、思い出したくなかった。日記を書くとき、人は内省的になれるというけれど、それでドツボにはまっていった感じがある。「私って本当に最悪だな」みたいな文章を何度目にしたことだろう。

でも、じゃあ今までの日記を全部処分しちゃってもいいですね? と訊かれたら……渋面を作って首を横に振るような気がする。日記は過去の自分そのものだ。腹が立っても、幻滅しても、簡単には切り離せない。いつか、もしかしたら今度は怖いものの見たさで、ノートや手帳をふと開きたくなるような予感も抱いている。

今よりさらに年を重ねたら、未熟な自分をもう少し温かく受け止められるようになるかもしれない。ふふふ、こんなころもあったわね、と日記を前に柔らかく微笑みたい。ふふふ、なんて笑ったことはないけれど。今はこの可能性にすがって、もうしばらく保管しておくつもりだ。

あとがき

連載原稿にこまごまと手を加え、書き下ろしぶんにもなんとか目途がついた今、私の胸に広がるのは、そもそもこのエッセイ、「同期とのエピソードを書きましょう」っていう話で始まったんじゃなかったっけ？　という素朴な疑問だ。なのにどうして、卒業アルバムや日記を晒しているのだろう。柿の種をぼりぼり食べながら首を傾げる一方で、本当は見当がついている。たぶん、張り切りすぎたのだ。「記録魔の青春を駆け抜ける」に書いたように、私はたびたびブログやSNSに手を出していて、そういう人間にとって、エッセイの連載には、小説が出版されることとはまた違う種類の憧れがあった。

やれるだけのことはやる。

意気込むあまり、頑張ることと自棄になることの区別がつかなくなっていたきらいがある。おかげで先日は、人生で初めて同窓会に参加する羽目に……いや、参加することができた。しかも、心が激烈に死んでいた、あの高校時代のものに。二〇一九年の七月に案内が届き、エッセイのネタになるかもしれないと思った私は、つい出席することを決めてしまったのだった。

幸い、今でも連絡を取り合っている当時の友人二人のうち、一人も参加するという。これで当日、会場を孤独に回遊する可能性はなくなった。ネタにありつけなくても友だちがいるからいいや、と呑気に構えていたはずが、その日が近づくにつれて、私は少しずつ余裕を失っていった。同窓会のために、わざわざ全身真っ黒のワンピースを新調。鞄をベージュか黒で迷った際にも、店員の「ベージュのほうが柔らかい雰囲気になりますね」という一言に、「柔らかさは求めてないですね」と応えてまた黒を買った。直近に美容室に行っていたにもかかわらず、一週間前には改めて髪も整えた。

とにかく心を強く持つこと。

それが同窓会直前の、私の気持ちのほぼすべてだった。

会は八月のなかば、地元愛知のホテルで行われた。受付で参加費を支払い、名札を装着する。受け取った名簿によると、今回出席した同窓生は、五十九人。全体の二十二パーセントだ。お盆シーズンと重なったからなのか、想像よりもかなり少ない。料理はビュッフェ形式だったけれど、席は三年生時の七クラスごとに円卓が割り当てられていて、その中で好きな場所を選んで座るようになっていた。立食じゃないんだ、と、これにもびっくりした。

前述の友人とは同じテーブルに着くことができたため、私は彼女の右隣に腰を下ろした。私の右隣には、高校時代、誰とでもフラットに喋っていた印象の女子が座った。私も在学中に何度か喋ったことがある。彼女は事前に出席を擦り合わせていた友人が来なかったらしく、少し戸惑っている様子で、だからか、私は「久しぶり」と声をかけることができた。

そうこうしているうちに定刻が来て、総会なるものが始まった。本日列席している恩師の紹介や、母校の現校長からの挨拶、収支報告ののち、乾杯と共に懇親会は幕を開けた。

右隣の彼女とは、食事中もたくさん喋ることができた。高校生のときは、せっかく話題を振られても上手く返せず、それが悔しかったこともあるけれど、今回はわりと会話のキャッチボールができたんじゃないかと思う。不参加だった同窓生や先生を懐かしんだり、自分の暮らしぶりを語ったり。会場の空気が緩み、各々自由に動き回るようになると、私も隣のテーブルに足を延ばして、今度は二年生のときに仲が良かった女子に話しかけた。彼女とは、実に卒業以来の再会だった。彼女はかつて二つ折り携帯電話を操作していた指でｉＰａｄを華麗にタップすると、私に自分の子どもの写真を見せてくれた。彼女は三姉妹の母親になっていた。

それから、別の高校に通う共通の友人がいた女子と話した。当時は間接的な知り合いという微妙な距離感を上手く消化できなくて、廊下ですれ違う際も若干の気まずさを覚えていた。とりあえずの挨拶も、当たり障りのない世間話も、あのころの私には難易度が高かった。でもこの日、私たちは共通の友人についてだけでなく、自分自身のことも話題にできた。今までで一番、彼女としっかり言葉を交わしたような気がした。

一方で、円卓の向かい側に着席していた、高校時代に華やかだった女子四人には、まったくと言っていいほど近づけなかった。ほぼ同時に「こんにちは」と挨拶した人が一人、大皿料理を回したり、まだ残っている瓶ビールを手渡したりしたときに短くやり取りした子が二人。彼女たちの言動には相変わらず余裕があり、リゾート地で着るようなワンピースが、同窓会に物怖じしていないことの表れに思えた。化粧を覚えて接客業や営業職を経験しても、あのころの一ヶ月ぶんのお小遣いでは買えない値段の服を着ていても、一人旅に行けるようになっても、自分は彼女たちに引け目を感じずにはいられないのかと思うと、さすがに衝撃的だった。そういえば、男子とも口を利いていない。受付の際に、「すみません、一万円札でもいいですか？」と尋ねた、あの一回だけだ。「同級生の男子とは、年に十回も話さなかった」という十三ページの一文を見事に裏づけている。つまり、高校生の自分が驚くような経験をいくら積み重ねたところで、もともと○だったものは一にもならない。たとえタイムマシンが使えても、私が明るい学校生活を送ることはない。

帰りの新幹線でそんなことをつらつら思い、それでも気持ちは不思議と沈まなかった。○は一にもならないけれど、いろんな一を三や五に膨らませることはできる。そういう実感を得られたからだろう。高校時代にもっと喋りたかったあの子や、失礼な振る舞いをしてしまったあの子。卒業から十七年半の時を経て、ちゃんと関わりたいと思った相手には、自分から話しかけられるようになった。

それで充分だ。

あとがきらしく最後は謝辞で締めるつもりだったけれど、よく考えたら、直接コンタクトが取れる相手に公の場で「ありがとう」と言わないのは、私が自分に課している謎ルールのひとつだ。だから、大変お世話になっておきながら、同期や担当編集者に対する感謝の言葉は、ここには書かない。

そのぶん、この本の刊行や販売に携わっていただいたにもかかわらず、私がお目にかかる機会のない関係各位に、また、この本を手に取り、読んでくださったすべての方に、心からお礼を申し上げたい。

本当にありがとうございました。

二〇二〇年三月　　　奥田亜希子

［初出］
愉快な青春が最高の復讐！
「青春と読書」２０１８年8月号～２０１９年5月号
記録魔の青春を駆け抜ける　書き下ろし
単行本化にあたり、加筆・修正をおこないました。
JASRAC 出 2003391-001
装画＝池辺 葵
装丁＝川名 潤

奥田亜希子（おくだ・あきこ）

1983年（昭和58年）愛知県生まれ。愛知大学文学部哲学科卒業。2013年、『左目に映る星』で第37回すばる文学賞を受賞。著書に『透明人間は204号室の夢を見る』『ファミリー・レス』『五つ星をつけてよ』『リバース&リバース』『青春のジョーカー』『魔法がとけたあとも』『愛の色いろ』がある。本作は著者初のエッセイとなる。

愉快な青春が最高の復讐！（ゆかいなせいしゅんがさいこうのふくしゅう）

二〇二〇年五月三〇日　第一刷発行

著者　奥田亜希子（おくだあきこ）

発行者　徳永 真

発行所　株式会社 集英社

〒一〇一―八〇五〇

東京都千代田区一ツ橋二―五―一〇

電話　〇三―三二三〇―六一〇〇（編集部）

〇三―三二三〇―六〇八〇（読者係）

〇三―三二三〇―六三九三（販売部）書店専用

印刷所　大日本印刷株式会社

製本所　ナショナル製本協同組合

ISBN978-4-08-771683-2 C0095

定価はカバーに表示してあります。

集英社　奥田亜希子の本

『左目に映る星』

「私はたぶん、この世界の誰とも付き合えない」。孤独を抱える早季子は、かつて存在した「完璧な理解者」と同じ癖を持つ人の存在を知り――。奇妙で愛しい出会いの物語。第37回すばる文学賞受賞作。（文庫）

『透明人間は204号室の夢を見る』

暗くて地味、コミュニケーション能力皆無の実緒。奇妙な片思いの先にあるのは破滅か、孤独か、それとも青春か。今までにない感情を抱くことで、新たな作品を生み出す女性作家のグレーな成長小説。（文庫）

『青春のジョーカー』

スクールカースト最底辺のグループに所属している中学三年生の基哉。クラスを仕切る啓太は、ことあるごとに基哉をいじり、笑いものにする。閉塞感の漂う毎日だが、あることをきっかけに、基哉は学園生活においての切り札を知ることになる。（単行本）